VOL. 03

DEAD LETTERS™

O Coral do Diabo

DEAD LETTERS™

EDITORIAL
Gerente Editorial Brasil *Paulo Roberto Silva Jr.*
Coordenador Editorial *Kleber de Sousa*
Editor de Arte *Marcelo Salomão*
Tradutor *Kleber de Sousa*
Revisor *Marquito Maia*
Letras *Equipe Devir*
ISBN 978-85-7532-784-5
Publicado no Brasil pela DEVIR Livraria Ltda.

ATENDIMENTO
ASSESSORIA DE IMPRENSA
imprensa@devir.com.br
SAC *sac@devir.com.br*
EVENTOS *eventos@devir.com.br*

DADOS INTERNACIONAIS
DE CATALOGAÇÃO NA PUBLICAÇÃO (CIP)
(Câmara Brasileira do Livro, SP, Brasil)
Sebela, Christopher
Dead letters : o coral do diabo, vol. 3 /
Christopher Sebela & Chris Visions, Niko Guardia &
Matt Battaglia ; [tradução Kleber Ricardo de Sousa.
-- 1. ed. -- São Paulo : Devir, 2020.
Título original: Dead letters : volume 3.
ISBN 978-85-7532-784-5
1. Histórias em quadrinhos I. Visions, Chris.
II. Guardia, Niko. III. Battaglia, Matt. IV. Título.
Índices para catálogo sistemático:
1. Histórias em quadrinhos 741.5
Iolanda Rodrigues Biode - Bibliotecária - CRB-8/10014

DEVIR
devir.com.br

BRASIL
Rua Basílio da Cunha, 727 - Vila Deodoro
CEP: 01544-001 - São Paulo - SP - Brasil
Telefone: (55) 11 2602 7400
Site: www.devir.com.br
DevirBrasil
DevirBrasil

BOOM! STUDIOS
EDITOR Eric Harburn
EDITOR-ASSISTENTE Chris Rosa

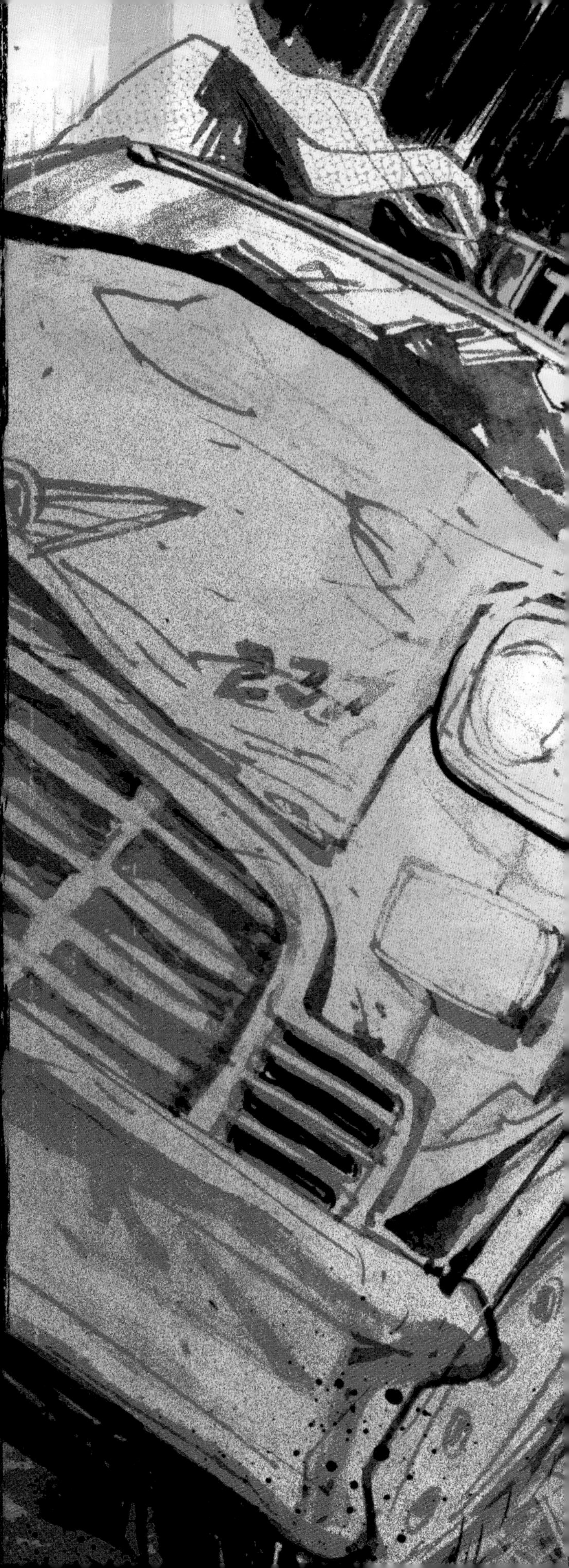

ESCRITO POR

CHRISTOPHER SEBELA

ILUSTRADO POR

CHRIS VISIONS

CORES DE

NIKO GUARDIA &
MATT BATTAGLIA

CAPA DE

CHRIS VISIONS

DEAD LETTERS CRIADO POR

CHRISTOPHER SEBELA &
CHRIS VISIONS

EPISÓDIO NOVE

UMA SEMANA ATRÁS
VOCÊ NÃO SENTE SAUDADES, JUDE?
DO QUÊ?
DE ESTAR VIVA?
ÀS VEZES.
O TEMPO TODO.
ME ARREPENDO DE COISAS.
MAS VOCÊ SENTE *FALTA* DE ALGO?
CAFÉ. FILMES. O CHEIRO DE LIVROS VELHOS.
E VOCÊ?
BLAM BLAM
"NÃO SINTO FALTA DE NADA."
"NA VERDADE, ESTOU FELIZ."
"UH-HUH."
"BOM, VOCÊ PASSOU LONGE DAQUELA GARRAFA."

ACHEI QUE A GENTE ESTAVA DE FÉRIAS.
E ESTAMOS. DÁ UMA OLHADA POR AÍ. ISSO NÃO É MELHOR DO QUE ESCUTAR O WALTER RESMUNGAR QUE TEMOS DE VOLTAR AO TRABALHO? OU FICAR DE GUARDA NA PONTE?
CERTO. DESISTO. QUEM MORA AQUI?
UM VELHO AMIGO.
QUE TAL AJUDAR?
ESTOU DE FÉRIAS.
ALÉM DISSO, GOSTO DE VER VOCÊ SUAR A CAMISA.
EU NÃO SUO MAIS. É OUTRA COISA QUE NÃO FAZ FALTA.
NIL! CHEGA MAIS. É O SAM. AMIGO DA BERYL.
UM MATUSALÉM? SÉRIO?
EU DEVO ESTAR LOUCA PRA ME ENVOLVER COM TIPOS COMO VOCÊ.
QUE TIPO SERIA? UM CARA QUE TEM SEU PRÓPRIO EXÉRCITO? UM CARA QUE TEM UMA LINHA DIRETA COM DEUS?
O TIPO HEROICO.
NÃO CHEGA A TANTO, JUDE.

SABE, NUNCA PENSEI QUE EU FICARIA "AGARRADO" A ALGUÉM COMO **VOCÊ**.
VOCÊ NUNCA CONHECEU ALGUÉM COMO EU.
POXA, VOCÊ É MUITO **CRUEL**.
É SÓ PRA VOCÊ FICAR ESPERTO.
AGORA QUE VOCÊ TEM ALGUM PODER, ALGUÉM PRECISA TE DAR UMAS LIÇÕES DE HUMILDADE. JÁ VI A COISA AZEDAR ANTES.
UH-HUH. E QUANTOS ANOS VOCÊ TEM MESMO?
QUE FEIO, SAM. POR QUE NÃO PERGUNTA COMO MORRI?
AAHH, É TÃO VELHA **ASSIM?**
TENHO IDADE SUFICIENTE PRA SABER DAS COISAS, SAM.
FALANDO NISSO, QUANDO VOCÊ TEM QUE VOLTAR AO TRABALHO?
O FANTE QUER ME VER NA SEGUNDA.
QUE BELEZA DE FÉRIAS.
A GENTE SÓ TÁ COMEÇANDO, JUDE.
E AQUI É O PAÍS DAS MARAVILHAS, TEMOS TODA A ETERNIDADE.

AGORA
ESPERAR. ESSA É A ATIVIDADE NÚMERO UM AQUI.
ESPERAR POR ALGO NOVO. PRA SENTIR QUALQUER COISA.
ESPECIALMENTE AQUELE TAPINHA NO OMBRO QUE TE DIZ QUE OS PORTÕES ESTÃO ABERTOS E QUE VOCÊ PODE SEGUIR ADIANTE.
EPISÓDIO 9:
O ASSASSINO DENTRO DE MIM
SEBELA & VISIONS
ESTOU ESPERANDO PELO FANTE, QUE ESTÁ 12 MINUTOS ATRASADO.
E TAMBÉM POR UMA BOA IDEIA DO QUE VOU CONTAR PRA ELE.
A MA E O JONES ESTÃO DESTRUINDO A CIDADE, UM BAIRRO DE CADA VEZ.
AS RUAS ESTÃO VAZIAS, E A ESTRADA PRA SAIR DA CIDADE ESTÁ ENTUPIDA DE CIVIS, A PÉ E DE CARRO.
E A MAIA SUMIU DE VISTA.
PASSEI A ÚLTIMA SEMANA PENSANDO EM TUDO MENOS ISSO.
ANTES TARDE DO QUE NUNCA, HEIN, AMIGOS?
AINDA ESTOU ME ACOSTUMANDO COM A VOLTA, SEM SABER QUAL SERÁ MEU PRÓXIMO PASSO.
IMPROVISAR. ESSA É A MINHA ATIVIDADE NÚMERO UM.
PENSO NO QUE FAZER NA HORA.
ENTÃO, CADÊ O FANTE?
SEMPRE.
FWAM

O FANTE TÁ MUITO OCUPADO PRA ME BATER PESSOALMENTE?
CALA A BOCA, WHISTLER.
NÃO ACREDITO QUE VOCÊ VOLTOU DEPOIS DO QUE APRONTOU.
APRONTEI? DEVIA VER O QUE VOU FAZER COM VOCÊS. LACAIOS DE DEUS OU NÃO.
AGORA ME FALA ONDE O FANTE...
KLNNK
BEM ONDE VOCÊ O DISPERSOU, WHISTLER.
DO QUE VOCÊ...
NÓS VIMOS QUANDO VOCÊ O DISPERSOU COM AQUELA FACA. DEVIA TER LEVADO AS JOIAS DELE.
LEMOS O COLAR DELE, OBJETOS NÃO MENTEM.
POR QUE EU MATARIA O FANTE? ELE É O ÚNICO QUE PODE ME TIRAR DAQUI.
TALVEZ VOCÊ TENHA DESCOBERTO QUE ELE NÃO PODE TE SALVAR.
QUE O FANTE ERA SÓ UMA ALMA COMUM COM UM TÍTULO. ELE NÃO PODIA FAZER O QUE PROMETEU.
ELE NÃO PODIA TE MANDAR DE VOLTA. SÓ DEUS PODE.
AMARREM--NO.
EU NÃO QUERIA FAZER ISSO, MAS BELÊ.
VAMOS DANÇAR.

JÁ PENSARAM QUE TALVEZ ELA NÃO *GOSTE* DE VOCÊS?
DEUS NÃO VAI OUVIR SUAS PRECES.
NÓS TENTAMOS. DEUS NOS ABANDONOU.
AGH!
KRKKK
ALÉM DISSO, NÃO QUERO MAIS VOLTAR.
QUERO FICAR EM PAZ. AQUI.
VOCÊ NÃO VAI ESCAPAR, WHISTLER. O PILOTO SÓ VAI PARAR QUANDO DERMOS A ORDEM.
VAMOS CONSEGUIR AS RESPOSTAS.
NÃO SEM MIM.

A MORTE TE DEIXA OUSADO. OU BURRO.
TRAGAM-NO PRA CÁ!
IMAGINO QUE ESSE SEJA O SIGNIFICADO DE TER FÉ.
TALVEZ NÃO EXISTA DIFERENÇA.
QUE ALGUÉM VAI ESTAR LÁ PRA TE PEGAR.
QUE SUA HISTÓRIA TEM UM FIM. INCLUINDO TELÉGRAFOS E FANFARRA.
COMO É BOM ACREDITAR.
DEIXAR ROLAR.
MAS NÃO É TÃO BOM QUANTO ESTAR CERTO.
KRSSSH
DESCULPA AÍ.
E NEM TÃO BOM QUANTO SOBREVIVER A ISSO.

NÃO DÁ PRA DIZER O MESMO SOBRE AQUI.
BLAM BLAM BLAM
BUDDA BUDDA BUDDA
O LUGAR ESTÁ CAINDO AOS PEDAÇOS. ESTÁ SE DESINTEGRANDO BEM NA MINHA FRENTE.
UMA CIDADE FANTASMA.
E NÃO TEM NINGUÉM NO COMANDO.
EXCETO UMA ORDEM DETONADA DE SEGUIDORES QUE QUER ME MATAR POR ALGO QUE NÃO FIZ.
ENTÃO CABE A MIM DESCOBRIR A RESPOSTA.
VOU COLOCAR ISSO NA LISTA.

O JONES TEM ACESSO AOS MATADORES DE ALMAS, RANCOR PARA ENCHER UM CAMINHÃO E CAPANGAS NORMAIS O BASTANTE PARA SE INFILTRAREM NO CHÁ DA TARDE DE DEUS.
KA-THOOM
ELE É SANGUINÁRIO A ESSE PONTO. E QUER DETONAR O PEQUENO PROJETO DE CIÊNCIAS DE DEUS PARA PUNI-LA POR COLOCÁ-LO AQUI. TALVEZ COMEÇANDO PELAS MASCOTES DE DEUS.
LÁ VÊM ELES DE NOVO. MIREM NAS CABEÇAS. A SÉTIMA VEZ É A BOA.
A MAIA AINDA NÃO DEU AS CARAS, MAS ELA TINHA O MOTIVO.
O FANTE A DEMITIU E PEGOU O TRABALHO DELA. PEGOU O PODER DELA. E ELA JÁ ESTAVA PUTA DA VIDA ANTES DISSO.
MAS A MA NÃO TINHA NADA. ELA QUER O PODER, MAS É ESPERTA. ELA PLANEJA.
UM ASSASSINATO SILENCIOSO NÃO É O ESTILO DELA. ELA É BARULHENTA E EXIBIDA. GOSTA DE APARECER. ELA FICA UM POUCO MAIS E PENDURA A BANDEIRA.
ELA É A MINHA APOSTA.
MAS SE ELA VAI OU NÃO ME PARTIR EM PEDAÇOS, NÃO DÁ PRA DIZER.

VOCÊ VEIO AQUI ME PEDIR ISSO?
VOCÊ ACHA QUE VAI SAIR DAQUI INTEIRO?
ESPERO QUE SIM, MA. PRECISO DE UM FAVOR.
VOCÊ ME ABANDONOU, SAMUEL. QUANDO EU MAIS PRECISAVA.
EU TE OFERECI O MUNDO E VOCÊ FOI EMBORA.
NÃO GOSTEI DAS CONDIÇÕES, MAS TIREI O CHARNEL DE CENA. PROVAVELMENTE SALVEI UMA DÚZIA DOS SEUS HOMENS.
E VOCÊ O PERDEU COM MUITA FACILIDADE, NÃO FOI? EU QUERIA A CABEÇA DELE E VOCÊ DISSE QUE NÃO SABIA DE NADA. VOCÊ MENTIU PARA MIM.
EU TE FALEI ONDE ENCONTRÁ-LA. ESTÁ COM A MAIA.
ESTAVA. AS COISAS MUDARAM.
QUEM PEGOU?
VOCÊ PERGUNTOU SE EU MATEI O FANTE. NÃO. EU NEM CHEGUEI A CONHECER O HOMEM. MAS ESTOU FELIZ MESMO ASSIM.
AGORA O QUE VAI ME DAR EM TROCA, SAMUEL? LEALDADE? VAI TRABALHAR PARA MIM?
VOU TE AJUDAR A VENCE A GUERRA CONT O JONES.
TENH UMAS IDEIAS

AH. NÃO PRECISO DISSO. VOCÊ SE ESQUECEU, EU ERA UMA CONQUISTADORA. LIDEREI MILHARES. ELES ME SEGUIAM, FAZIAM O QUE EU MANDAVA.
ESTRATÉGIA É ÚTIL, MAS VENCER UMA GUERRA É MAIS SIMPLES QUE ISSO.
ESTÁ TUDO NOS NÚMEROS.
ASSIM COMO AS SAÚVAS PODEM DOMINAR E MATAR UM HOMEM, NÓS PODEMOS DERRUBAR O JONES E SEU GRUPINHO MEQUETREFE.
VEJO QUE VOCÊ ANDOU RECRUTANDO.
NÃO TEM MAIS DINHEIRO AQUI, SAM.
ALMAS SÃO A ÚNICA MOEDA REAL. DEUS SABE DISSO.
SUSPEITO QUE VOCÊ TAMBÉM. EU ESTIVE TE OBSERVANDO, SAM.
DÊ-ME ALGUMA COISA ÚTIL, AÍ PODEMOS FALAR SOBRE RESTABELECER NOSSA CONFIANÇA.
AH, QUAL É, MA?
TIREM-NO DAQUI. NÃO O MACHUQUEM... MUITO.
ESSA HONRA SERÁ MINHA.

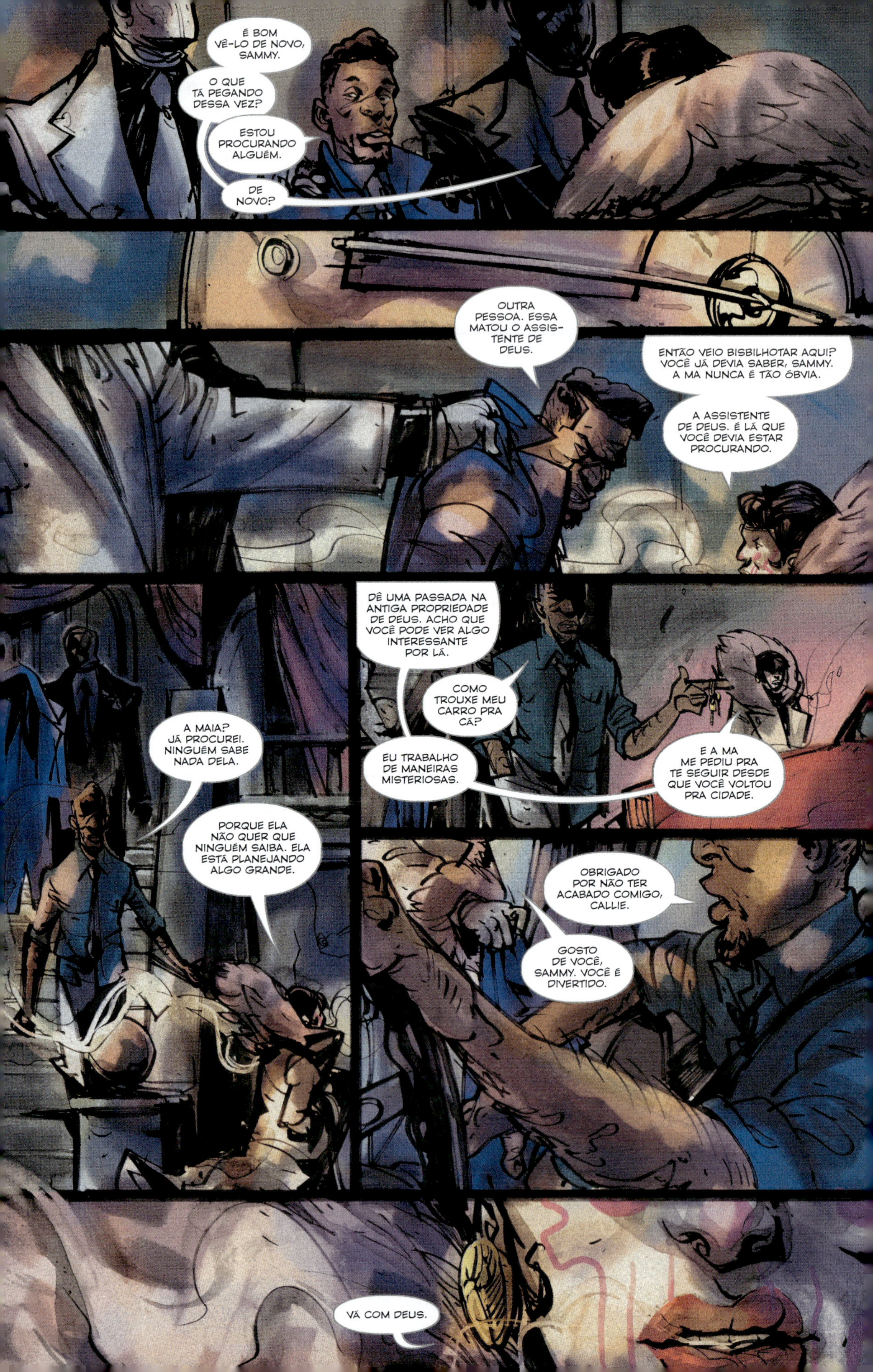
É BOM VÊ-LO DE NOVO, SAMMY.
O QUE TÁ PEGANDO DESSA VEZ?
ESTOU PROCURANDO ALGUÉM.
DE NOVO?
OUTRA PESSOA. ESSA MATOU O ASSISTENTE DE DEUS.
ENTÃO VEIO BISBILHOTAR AQUI? VOCÊ JÁ DEVIA SABER, SAMMY. A MA NUNCA É TÃO ÓBVIA.
A ASSISTENTE DE DEUS. É LÁ QUE VOCÊ DEVIA ESTAR PROCURANDO.
A MAIA? JÁ PROCUREI. NINGUÉM SABE NADA DELA.
PORQUE ELA NÃO QUER QUE NINGUÉM SAIBA. ELA ESTÁ PLANEJANDO ALGO GRANDE.
DÊ UMA PASSADA NA ANTIGA PROPRIEDADE DE DEUS. ACHO QUE VOCÊ PODE VER ALGO INTERESSANTE POR LÁ.
COMO TROUXE MEU CARRO PRA CÁ?
EU TRABALHO DE MANEIRAS MISTERIOSAS.
E A MA ME PEDIU PRA TE SEGUIR DESDE QUE VOCÊ VOLTOU PRA CIDADE.
OBRIGADO POR NÃO TER ACABADO COMIGO, CALLIE.
GOSTO DE VOCÊ, SAMMY. VOCÊ É DIVERTIDO.
VÁ COM DEUS.

ESSE LUGAR ESTÁ ABANDONADO DESDE QUE O FANTE ASSUMIU O CONTROLE E SE MUDOU LÁ PRA CIMA, PRA FICAR EM SEGURANÇA. SEMPRE EM MOVIMENTO.
NÃO ADIANTOU MUITO PRA ELE.
SE A MAIA ESTIVER AÍ, SIGNIFICA QUE ELA APRENDEU COM OS PRÓPRIOS ERROS. RECONSTRUIU OS PORTÕES E OS REFORÇOU. MONTOU UMA TORRE DE VIGILÂNCIA, PROVAVELMENTE COM UM GUARDA.
UMA COLEÇÃO DE FIÉIS AMARRADA AO PORTÃO, PRA DESENCORAJAR POTENCIAIS INVASORES COM ESCRÚPULOS COMO EU.
UMA HORDA DO CORAL, SÓ PRA GARANTIR. ELES E ESSES SÓSIAS ESQUISITOS QUE VI POR AÍ.
É UM EXÉRCITO. O EXÉRCITO DA MAIA.
TUDO PRA AFASTAR OS CURIOSOS DE QUALQUER COISA QUE ELES ESTEJAM FAZENDO AQUI.
ELA É BOA.
CIRCULANDO, SAM.
ORDENS DA CHEFIA.
UH-HUH. DIGA QUE MANDEI UM "OI".
MAS ELA SABE QUE EU SEI ONDE ELA ESTÁ. QUE SOU INTELIGENTE O BASTANTE PRA DESCOBRIR O QUE ELA ESTÁ TRAMANDO.
TALVEZ ISSO SEJA O BASTANTE PRA ASSUSTÁ-LA. ELA VAI FICAR PARADA ATÉ EU AGIR.
TEM MUITAS VARIÁVEIS ROLANDO.

QUAIS SÃO AS NOVIDADES, RACHEL?
EI, SAM, ESTÁ TUDO CALMO NA FRONTEIRA.
O SUAVE TÁ TE PROCURANDO.
NÃO FALA PRA ELE QUE VOCÊ ME VIU.
A MAIA ESTAVA CERTA. A PRIMEIRA COISA QUE CONSTRUÍMOS FOI UMA FRONTEIRA.
NÓS SIMPLESMENTE EXPURGAMOS OS SANTOS DA PERIFERIA, JÁ QUE NÃO QUERÍAMOS ARRISCAR QUE A GUERRA NA CIDADE RESPINGASSE NO NOSSO OÁSIS.
LUTAMOS MUITO POR ISSO.
SEI QUE ESTAMOS NO PURGATÓRIO. QUE EU DEVERIA ESTAR EXPIANDO MEUS PECADOS, PROCURANDO POR UMA SAÍDA.
MAS ISSO É O MAIS PERTO DO CÉU QUE CONSEGUI CHEGAR.
E ESTOU PRESTES A MANDAR TUDO PRO INFERNO.
QUERO UM SEGUNDO SÓ PRA FAZER DE CONTA.
EI, JUDE.
VOCÊ NUNCA VAI SE CANSAR DESSA PIADA?
FAZER DE CONTA QUE EU LEVO UMA VIDA NORMAL, COM UMA GAROTA NORMAL, EM UM MUNDO NORMAL.
PROVAVELMENTE NÃO.
VOU TRABALHAR.
TENTE TOMAR UM BANHO ANTES.

EI, MILES.
NINGUÉM MAIS PERGUNTA COMO ESTOU E COISA E TAL.
EU RESPIRO FUNDO. E MAIS UMA VEZ.
LER COISAS DAS PESSOAS QUE MORRERAM NÃO É DIVERTIDO.
DESPERTA AQUELA COCEIRA, AS DORES FANTASMAS DE COMO MORRI. COISAS QUE ME ESFORCEI PRA ENTERRAR.
É POR ISSO QUE CHAMAM DE TRABALHO, EU ACHO.
POR FAVOR, PERMITA QUE EU ME APRESENTE.
VOCÊ ABRIU A PORTA PRA MIM, AFINAL DE CONTAS, SAM.
DEUS DEIXOU UM LUGAR À SUA MESA PRA INFELIZES ABANDONADOS.
AGORA É HORA DE DIVIDIR.
TALVEZ VOCÊ ESTEJA DEFENDENDO O LADO ERRADO DESDE O INÍCIO, SAM.
VAMOS NOS FALAR. EM BREVE.
ÓTIMO.
MAIS ALGUÉM QUER ENTRAR NA FESTA?

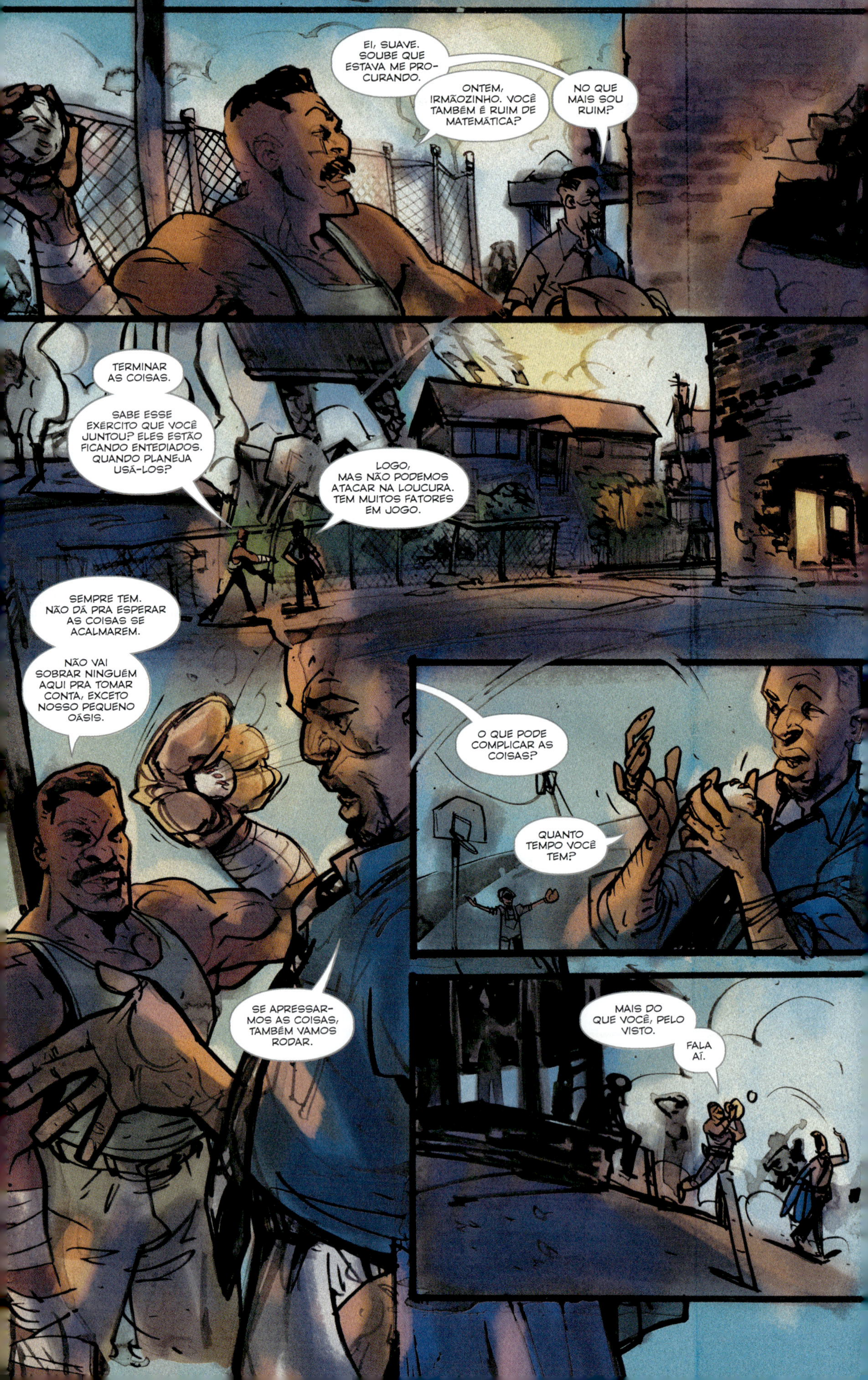
EI, SUAVE. SOUBE QUE ESTAVA ME PROCURANDO.
ONTEM, IRMÃOZINHO. VOCÊ TAMBÉM É RUIM DE MATEMÁTICA?
NO QUE MAIS SOU RUIM?
TERMINAR AS COISAS.
SABE ESSE EXÉRCITO QUE VOCÊ JUNTOU? ELES ESTÃO FICANDO ENTEDIADOS. QUANDO PLANEJA USÁ-LOS?
LOGO, MAS NÃO PODEMOS ATACAR NA LOUCURA. TEM MUITOS FATORES EM JOGO.
SEMPRE TEM. NÃO DÁ PRA ESPERAR AS COISAS SE ACALMAREM.
NÃO VAI SOBRAR NINGUÉM AQUI PRA TOMAR CONTA, EXCETO NOSSO PEQUENO OÁSIS.
SE APRESSARMOS AS COISAS, TAMBÉM VAMOS RODAR.
O QUE PODE COMPLICAR AS COISAS?
QUANTO TEMPO VOCÊ TEM?
MAIS DO QUE VOCÊ, PELO VISTO.
FALA AÍ.

PORRA. VOCÊ GOSTA MESMO DUMA TRETA, NÉ?
O FANTE NÃO É MINHA TRETA. NEM A MAIA. ELA TÁ SE PREPARANDO DESDE ANTES DA MINHA CHEGADA.
E O PLANO DELA É GRANDE.
GRANDE O BASTANTE PRA IR CONTRA DEUS?
NÃO SOMOS OS PRIMEIROS A TER ESSA IDEIA, SUAVE.
NEM SEREMOS OS ÚLTIMOS.
ENTÃO O QUE PRECISA DE NÓS?
TEMPO. PRECISO VOLTAR AO ZEPPELIN DO FANTE, ACHAR OUTRA PISTA E DESCOBRIR QUEM TÁ ME SACANEANDO.
BELEZA, MAS NÃO PODEMOS ESPERAR PRA SEMPRE, SAM. O PESSOAL TÁ FICANDO INQUIETO. VOCÊ ESFREGOU ESSE NEGÓCIO NA CARA DELES, DEIXOU TODO MUNDO NA FISSURA.
AGORA VAI TER QUE PUXAR O GATILHO.
E EU VOU. DEPOIS DE DESARMAR UMAS BOMBAS.
AVISA A JUDE QUE EU VOLTO À NOITE?
DEIXA COMIGO. GOSTO DE VER OS DOIS JUNTOS. VOCÊ PARECE DIFERENTE.
"NÃO PARTA O CORAÇÃO DELA, SAM."
"COMO EU FARIA ISSO?"
"SENDO O QUE VOCÊ COSTUMAVA SER."

SAMUEL, VOCÊ DEVE SER UM FÃ DA DOR PARA VOLTAR ASSIM TÃO RÁPIDO.
TROUXE UM PRESENTE. MAS VOU TER QUE TE AJUDAR A DESEMBRU-LHAR.
E O QUE VOCÊ GANHA COM ISSO?
ALGUÉM MATOU O FANTE. SE EU DESCOBRIR QUEM FOI, ESTOU LIVRE. TODO MUNDO GANHA.
É BOM QUE ESTEJA DIZENDO A VERDADE.
É UMA QUEDA MUITO LONGA LÁ DE CIMA.
ACREDITE, EU SEI.
FIQUE EM POSIÇÃO.
SEGURE-SE, SAM.
CINCO MINUTOS.
NÃO VAMOS PERDER TEMPO.
MATEM TODO MUNDO!

OLÁ.
QUEM SÃO SEUS AMIGOS, SAMUEL?
SÓ MAIS GENTE MORTA.
BOOM
BOOM BOOM
ESVAZIEM SUAS BOLSAS, É HORA DE TRABALHAR.
CUBRAM A CIDADE COM ALEGRIA.
VAMOS VER SE O JONES CONSEGUE MANTER SEU PESSOAL AGORA.
BOA JOGADA, SAMUEL. ÀS VEZES VOCÊ NÃO ME DECEPCIONA.
UH-HUH. ESTAMOS DE BOA, ENTÃO?
SOMOS UNHA E CARNE.
"NINGUÉM NOS DETERÁ AGORA. LOGO TEREMOS UM EXÉRCITO PRONTO."
"NÃO SE EMPOLGUE, MA."
"SORRIA, SAMUEL. QUEM PODE NOS AMEAÇAR?"

NUNCA ACREDITEI EM DEUS.
E NEM NO DIABO.
BEM ANTES DE TUDO PEGAR FOGO.

PRA MIM, QUANDO A GENTE MORRESSE ERA O FIM.
E AGORA ME PERGUNTO SE ALGUMA COISA QUE EU ACHAVA QUE ERA VERDADE, ERA DE FATO.
É ENGRAÇADO O QUE O CÉREBRO ESCOLHE MOSTRAR EM SITUAÇÕES COMO ESSA.
BOBEIRAS INÚTEIS, TIPO O LIXO DO FANTE NOS MEUS BOLSOS, MIGALHAS IDIOTAS DE UMA VIDA.
FWA-KA-BOOM

SAM, MEU AMIGO. QUE BOM TE VER DE NOVO.
ESSA CONVERSINHA ESTÁ BEM ATRASADA.
E ESSA BALA TAMBÉM.
MAS NÃO SOU EU QUE VOU CUIDAR DISSO. ALGUÉM PEDIU PRIMEIRO.
E NEM DÁ PRA RECLAMAR.
SAMMY.
SENTIU MINHA FALTA?

EPISÓDIO DEZ

UMA SEMANA ATRÁS
BOM, ISSO NÃO DEU EM NADA.
O QUE AS PESSOAS FAZEM QUANDO ESTÃO DE FÉRIAS? VISITAM LUGARES, COMEM COMIDA DE TURISTA, DORMEM NUMA CAMA CHIQUE DE HOTEL?
QUAL VOCÊ QUER?
QUERO IR PRA CASA, SAM. NÃO IMPORTA ONDE SEJA.
E QUERO QUE VENHA COMIGO.
HUM. LEGAL.
AGORA É VOCÊ QUEM ESTÁ SEM PALAVRAS? TUDO TEM UMA PRIMEIRA VEZ.
VAMOS ANDANDO. VOCÊ PODE PENSAR EM UMA RESPOSTA NO CAMINHO.
NÃO FIQUE BRAVA.
QUEM ESTÁ BRAVA?
VOCÊ. ESCUTA, EU SINTO O MESMO, CASO QUEIRA SABER. ESSA É A RAZÃO DE EU ESTAR FAZENDO ISSO.
SÓ QUERO UMA VIDA BOA E NORMAL. E ISSO INCLUI VOCÊ, JUDE.
MAS...
MAS TEMOS QUE LUTAR POR ELA PRIMEIRO. COMO SEMPRE.
SÓ GANHAREMOS A GUERRA SE VENCERMOS ESSA BATALHA. AÍ NÃO VAMOS MAIS...
PREFEITURA
QUIETO, SAM.
TENTE PARECER MARAVILHADO PRA VARIAR.

VOCÊ QUER TER A HONRA?
O QUE TE FAZ PENSAR QUE ISSO É O MELHOR A FAZER, SAM?
TIPO? ESSA JOGADA ESPECÍFICA OU TODO O...
VOCÊ CONHECE A EXPRESSÃO "A ESPERANÇA É A ÚLTIMA QUE MORRE"?
SIM, ESSA É A HISTÓRIA DO MEU PÓS--VIDA.
TE VEJO LÁ EMBAIXO.
NÃO...
VOCÊ É UMA GRAÇA QUANDO NÃO PENSA.
VEM LOGO, A ÁGUA ESTÁ BOA.
PRONTO. ISSO É O QUE EU CHAMO DE FÉRIAS.
NÃO VAI SE ACOSTUMANDO.
ALI ESTÁ O NOSSO COMPROMISSO.
LEELAH?
SR. WHISTLER, SRTA. HUSTON.
VOCÊS ESTÃO 18 MINUT ATRASADOS.

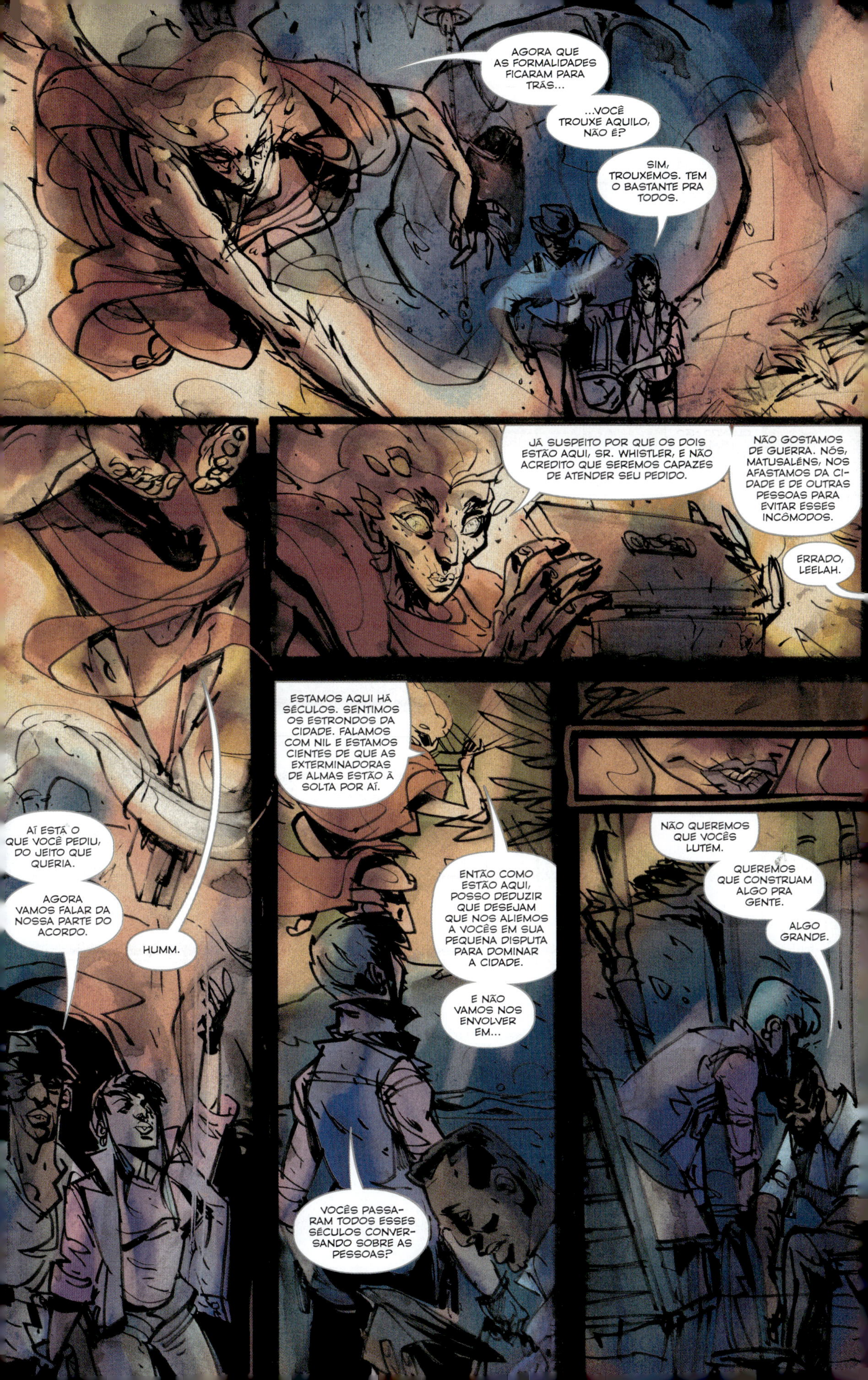
AGORA QUE AS FORMALIDADES FICARAM PARA TRÁS...
...VOCÊ TROUXE AQUILO, NÃO É?
SIM, TROUXEMOS. TEM O BASTANTE PRA TODOS.
JÁ SUSPEITO POR QUE OS DOIS ESTÃO AQUI, SR. WHISTLER, E NÃO ACREDITO QUE SEREMOS CAPAZES DE ATENDER SEU PEDIDO.
NÃO GOSTAMOS DE GUERRA. NÓS, MATUSALÉNS, NOS AFASTAMOS DA CIDADE E DE OUTRAS PESSOAS PARA EVITAR ESSES INCÔMODOS.
ERRADO, LEELAH.
AÍ ESTÁ O QUE VOCÊ PEDIU, DO JEITO QUE QUERIA.
AGORA VAMOS FALAR DA NOSSA PARTE DO ACORDO.
HUMM.
ESTAMOS AQUI HÁ SÉCULOS. SENTIMOS OS ESTRONDOS DA CIDADE. FALAMOS COM NIL E ESTAMOS CIENTES DE QUE AS EXTERMINADORAS DE ALMAS ESTÃO À SOLTA POR AÍ.
ENTÃO COMO ESTÃO AQUI, POSSO DEDUZIR QUE DESEJAM QUE NOS ALIEMOS A VOCÊS EM SUA PEQUENA DISPUTA PARA DOMINAR A CIDADE.
E NÃO VAMOS NOS ENVOLVER EM...
VOCÊS PASSARAM TODOS ESSES SÉCULOS CONVERSANDO SOBRE AS PESSOAS?
NÃO QUEREMOS QUE VOCÊS LUTEM.
QUEREMOS QUE CONSTRUAM ALGO PRA GENTE.
ALGO GRANDE.

AGORA
VOCÊ NÃO É TÃO GRANDE, NEM TÃO FORTE, WHISTLER. MAS VOCÊ SE ESFORÇA TANTO, ESSA É A PARTE BONITINHA.
THRUNNKK
LÁ PELO TERCEIRO CHUTE NO ROSTO, EU COMEÇO A TER UMA EPIFANIA.
UM PEQUENO PENSAMENTO.
VOCÊ NÃO DEVIA TER VOLTADO, SAM. VOCÊ TINHA FEITO SEU TRABALHO, EU ESTAVA CONTENTE EM DEIXÁ-LO IR EMBORA, SEGUIR COM SUA VIDA, SE É ASSIM QUE VOCÊ A CHAMA.
MAS VEJA SÓ COMO VOCÊ DEIXOU NOSSO QUERIDO CHARNEL FELIZ.
É, ESTOU CONTENTE.
EU PENSO EM DEUS E O DIABO, A MA E O JONES, E TUDO SE ENCAIXA.
VEJO UMA ESTRADA ESCURA E SINUOSA PRA FORA DAQUI.
VOU APROVEITAR MEU TEMPO CONTIGO. VAI DOER.
PASSEI TANTO TEMPO LUTANDO QUE ESQUECI PORQUE VIM PARAR NESSA CONFUSÃO.
ESTOU AQUI PRA TRAZER A PAZ.
MAS NÃO VAMOS PROTELAR. TEMOS UMA GUERRA PRA VENCER, CHARNEL.
CERTO. QUANTO TEMPO EU TENHO?
VOCÊ TEM ATÉ O FIM DESSE DRINK.
KRKKK
OU O FIM DO SAM.
VOCÊ NÃO VAI VENCER... UFF...
FWAMM
PERAÍ. ESPERA UM POUCO. JONES, ME ESCUTA. EU POSSO TE SALVAR.

NÃO *PRECISAMOS* ESCUTAR VOCÊ, SAM. NÃO PRECISAMOS DE VOCÊ PRA NADA.
UM HOMEM MAIS ESPERTO TERIA FICADO NA PERIFERIA.
VOCÊ, SEUS ESQUEMAS E SUA FAMILIAZINHA TORTA.
EU TENTEI, MAS VI O QUE ESTAVA ESCRITO NA PAREDE, JONES.
KLANNGGG
O QUE ESTAVA ESCRITO? A SUA MORTE OU A MORTE DE TODOS AO SEU REDOR?
AS DUAS OPÇÕES ESTÃO VALENDO.
PARA. VOCÊ ESQUECEU COM QUEM ESTÁ LUTANDO?
JÁ VI ISSO ANTES. UM CARA COMO VOCÊ DIRÁ QUALQUER COISA A ESSA ALTURA. VOCÊ VAI IMPLORAR E SUPLICAR. VOCÊ VAI ATÉ JURAR.
MAS NÃO SOU UM CAIPIRA IDIOTA, SAM. ESSA NÃO É UMA CONFEDERAÇÃO DESLEIXADA.
ESSE É O MEU NEGÓCIO.
A MA, VOCÊ, A MAIA... SÃO APENAS MEUS ADVERSÁRIOS.
E EU TENHO UMA MÃO PERFEITA.
NÃO SOU EU. NÃO É A MA. É DEUS. FOI ELA QUEM TE COLOCOU AQUI. É ELA QUEM ESTÁ DESTRUINDO TUDO À NOSSA VOLTA. ELA E O AMIGO DELA.
QUE AMIGO É ESSE? A MAIA?
O DIABO. ELES ACABARAM DE CHEGAR NA CIDADE E ESTÃO ANSIOSOS.

ELE ESTÁ CERTO. VOCÊ TEM QUE VER ISSO.
¡UNNGH! SE NOS UNÍSSEMOS. SE NOS ALIÁSSEMOS, PODERÍAMOS VENCER...
CONSIDERANDO SUA POSIÇÃO, O QUE TE FAZ ACHAR QUE VOU PERDER, SAM?
NÃO PRECISA MENTIR. VOCÊ NÃO TEM NADA A PERDER.
FIQUE, WHISTLER. APRENDA ALGO ANTES DE SE AFASTAR.
NÃO É SÓ VOCÊ. AQUI. TODO MUNDO AQUI. NÃO VIU QUE TUDO ESTÁ SE DESINTEGRANDO? O AR ESTÁ PESADO POR CAUSA DAS ALMAS DISPERSADAS.
É O FIM DOS DIAS, JONES. DEUS VAI COMEÇAR TUDO DE NOVO.
"QUANDO EU ERA CRIANÇA, A COISA MAIS ASSUSTADORA QUE VI FOI UMA COLHEITADEIRA. E ISSO FOI ANTES DE VER UMA ARRANCAR AS PERNAS DE UM HOMEM."
"ELAS COMEM E COMEM E COMEM ATÉ VOCÊ MANDAR PARAR."
"QUANDO MORRI, EU CONSEGUIA DESMONTAR E MONTAR UMA COM FACILIDADE."
"ENTÃO CONSTRUÍMOS ALGUMAS. 100% METAL EXTERMINADOR DE ALMAS."
"O QUARTEL-GENERAL DA MA, OS POSTOS AVANÇADOS, OS APARTAMENTOS ONDE O PESSOAL DELA VIVE E TODOS QUE ESTÃO DO LADO DELA? VAMOS MASTIGÁ-LOS E DEPOIS CUSPI-LOS."
E SE ELA... E SE ELA NÃO VIER?
ESTÁ PREPARADO PRA USÁ-LAS? E CAIR EM DESGRAÇA?
PRA AJUDAR DEUS A DESTRUIR AQUI?
NÃO. VOU MOSTRAR A DEUS O QUE ELE FEZ DE ERRADO. EU VOU ARRUMAR ESSE LUGAR. E QUANDO EU O FIZER, ELE VAI VER, VAI SABER... ELE VIRÁ BATER À MINHA PORTA PARA SE DESCULPAR.
E SE DEUS QUISER BRIGAR, VEREMOS O QUE ESSE METAL FAZ COM ELE.
MEU DRINK ACABOU.
VAMOS TERMINAR ESSE EMBATE.
DEPOIS DISSO, VAMOS QUEIMAR A PERIFERIA.
PARA ELE VER.
DEPOIS ELE SERÁ DISPERSADO.

DEUS NÃO SUJARIA SUAS MÃOS CONOSCO. O DIABO? ISSO É APENAS UM MITO QUE AS ALMAS ESPALHARAM.
COMO AS EXTERMINADORAS DE ALMAS. SÓ QUE ESSAS SÃO *REAIS*. E DESCOBRIMOS O CÓDIGO E COMEÇAMOS A FAZER AS NOSSAS.
E VAMOS ENGOLIR A MA, DEUS E TODO O MALDITO FIRMAMENTO.
"TÃO LOGO O IMPÉRIO DELA ESTEJA DESTRUÍDO, ELA VIRÁ RASTEJANDO PARA MIM, IMPLORANDO UM ARMISTÍCIO."
EPISÓDIO 10:
A COLHEITA VERMELHA
SEBELA · VISIONS · BATTAGLIA
E VOCÊ TAMB... DROGA.
ESQUEÇA. ELE NÃO IMPORTA MAIS.

A DOR JÁ PASSOU, SÓ RESTARAM DOIS BURACOS EM MIM QUE EU NÃO TINHA QUANDO ACORDEI DE MANHÃ.
PARTE DE MIM QUERIA QUE TIVÉSSEMOS FICADO NO DESERTO. NO NOSSO LADO DA PONTE. QUE TIVÉSSEMOS IGNORADO TUDO ISSO.
MAS ESSE MUNDO, MESMO AQUI, VAI ATRÁS DE VOCÊ, NÃO IMPORTA O QUE VOCÊ QUEIRA.
O TRUQUE É BATER PRIMEIRO. NÃO DEIXE QUE ELES TE PEGUEM DORMINDO.
SOQUE ATÉ SANGRAR.
ESSA É OUTRA LIÇÃO FÁCIL.
TALVEZ A ÚNICA QUE REALMENTE IMPORTE.
OU A MAIOR MENTIRA QUE JÁ CONTEI PRA MIM MESMO. E OLHA QUE JÁ CONTEI VÁRIAS.
NÃO ME IMPORTO. ESTOU COM FOME, FRIO, QUERO TOMAR BANHO E VOLTAR PRA CASA.
DÊ UMA OPORTUNIDADE DE INTERPRETAÇÃO PRO DESTINO E ELE TE FERRA.
EI. VOCÊS ESTÃO À VONTADE?

VOCÊ NÃO ESTAVA USANDO O LUGAR, ENTÃO PREPARAMOS UM POSTO ISOLADO PRA GUARDAR SUPRIMENTOS. FORA DA VISTA DOS IDIOTAS.
PORQUE TEORICAMENTE ESTAMOS EM *GUERRA*. POR QUE A DEMORA?
POR QUE VOCÊS NÃO VOLTARAM PRA PERIFERIA?
A KEL TEM RAZÃO, CARA. SE ESPERARMOS MUITO, ELES VÃO ACABAR NOS DERROTANDO.
MESMO QUE ISSO NÃO ACONTEÇA, NESSE RITMO NÃO HAVERÁ NADA PARA CONQUISTAR.
FALTA POUCO AGORA. NÃO PISEM NA BOLA.
A MA E O JONES ESTÃO USANDO OS PLANOS DELES PRO JUÍZO FINAL.
EM ALGUNS DIAS VAMOS TER METADE DA GUERRA OU O DOBRO DO EXÉRCITO QUE TERÍAMOS SE CORRÊSSEMOS PARA LÁ.
ENTÃO VAMOS LEVAR A LUTA ATÉ DEUS. AQUI É NOSSO.
COMO PLANEJA FAZER ISSO?
PREPAREI TUDO NA SEMANA PASSADA.
SABE A COISA QUE EU MAIS SINTO FALTA NESSE LUGAR?
A VISTA.

TEM COISAS QUE VOCÊ NÃO CONSEGUE PARAR.
UMA BALA. UMA ONDA.
ALGUÉM SEM NADA A PERDER.
OUTRAS COISAS VOCÊ SÓ FICA OBSERVANDO.
COMO NA VIDA.
VOCÊ PODE PLANEJAR NOS MÍNIMOS DETALHES.
MAS ÀS VEZES O MUNDO FAZ O QUE QUER.
E ELE NEM SEMPRE É DELICADO.
VOCÊ NÃO PODE REVIDAR.
O MELHOR A FAZER É DEIXAR QUIETO. E SE DEIXAR LEVAR.
NA ESPERANÇA DE PODER SE AGARRAR A ALGO E ACORDAR EM UM LUGAR ALTO E SECO. E TUDO AINDA INTACTO.

VOCÊ NÃO PODE ARGUMENTAR COM O MUNDO.
OU COM UM HOMEM ARMADO.
VOCÊ PODE TENTAR SAIR DO CAMINHO DELES.
MAS ELES VÃO VIR ATRÁS DE VOCÊ DE UM JEITO OU DE OUTRO.
O JONES ESTÁ TENDO UM CHILIQUE. DAQUELES BARULHENTOS QUE VAI MATAR MUITAS ALMAS.
COMO A MA FARÁ EM RESPOSTA. COMO A MAIA ESTÁ PLANEJANDO ATRÁS DOS SEUS PORTÕES DO CÉU.
NADA PODE INTERROMPER UM CHILIQUE ASSIM.
A NÃO SER UM ATO DIVINO.
OU DEMONÍACO.
AQUI? É MEIO DIFÍCIL DE NOTAR A DIFERENÇA.

VAI EXPLICAR O QUE FOI AQUELE NEGÓCIO COM OS PRÉDIOS?
ASSIM QUE EU DESCOBRIR O QUE ACONTECEU.
VÁ DORMIR UM POUCO, BOX.
TÁ, ISSO NÃO VAI ROLAR.
ESSA FOI A PRIMEIRA CASA EM QUE EU VIVI.
A VIZINHANÇA NÃO É LÁ ESSAS COISAS, MAS É MINHA.
EU TENHO UMA MULHER QUE ME AMA. ACHO.
ELA ME ATURA, O QUE JÁ É SUFICIENTE.
ELA SAIU HOJE. ÓTIMO.
EU A ARRASTO POR BOA PARTE DAS COISAS HORRÍVEIS QUE TENHO DE CONTORNAR PRA MANTER ESSE SONHO VIVO.
ELA NÃO PRECISA VER OS ESTILHAÇOS DO QUE ERA A VIDA DO FANTE. TER DE REVIVER O MOMENTO EM QUE ELE FOI DISPERSADO.
É ISSO QUE FAÇO QUANDO NÃO ESTOU TRABALHANDO.
NA ESPERANÇA QUE VOU ME SAFAR.
TENHO QUE TER FÉ EM ALGO, ACHO.
SAM, TEMOS QUE PARAR DE NOS ENCONTRAR ASSIM.

A MAIA NÃO FEZ ISSO. NÃO É O ESTILO DELA.
EU SEI. É COISA *SUA*. SÓ ESTOU DE SACANAGEM.
NÃO, EU SEI O QUE FIZ.
TEM CERTEZA? PARECE QUE VOCÊ PRECISOU DE MUITA DOR PARA ESQUECER TUDO QUE FOSSE POSSÍVEL SOBRE QUEM VOCÊ É.
QUEM EU *ERA*.
VOCÊ ME CONFUNDIU COM UM DEFUNTO.
NEM TENTE ESSA CONVERSA COMIGO. LI AS SUAS FICHAS. AS VERDADEIRAS. AS QUE DIZEM QUEM VOCÊ REALMENTE É.
GOSTARIA DE OUVIR ALGUNS PEDAÇOS?
BELO TRUQUE COM OS PRÉDIOS. E AS AVES. FOI VOCÊ, TAMBÉM?
VOCÊ GOSTOU? ELES SÃO CHAMADOS DE NOITIBÓS.
E ISSO É SÓ UMA AMOSTRA DO QUE POSSO FAZER.
VOCÊ ESTÁ QUASE SEM TEMPO, SAM. ELES VÃO ENCONTRÁ-LO E PEGÁ-LO.
SEI QUEM VOCÊ É. O QUE VOCÊ É.
É? POR FAVOR, ME DIGA. ADORO QUANDO FALAM O MEU NOME.
EIS O QUE EU POSSO FAZER.
E UMA AMOSTRA DO QUE ESTÁ POR VIR.
AH, SAM, FAÇA O QUE FOR PRECISO. E QUANDO VOCÊ TERMINAR SUA MISSÃO QUIXOTESCA, VAMOS CONVERSAR SOBRE UM TRABALHO QUE PRECISO QUE SEJA FEITO.
BA-DOOM
NÃO É PRA MIM.
RRNNNGG
RNNNGG

ESTÁ DORMINDO?
TEM GENTE QUE GOSTA DE DORMIR.
VISTA ALGUMA COISA, VOCÊ NÃO VAI VOLTAR PRA CAMA.
JÁ IMAGINAVA. E AÍ, O QUE VOCÊ CONSEGUIU?
NÃO FOI O JONES, NEM A MA QUE DISPERSOU SEU GAROTO. VERIFIQUEI DUAS VEZES.
FOI A MAIA. SÓ PODE SER.
ESSA OPINIÃO ESTÁ BEM POPULAR.
O CORAL ESTÁ CORRENDO POR AÍ SEM RUMO, ENTÃO ELA APARECEU E DOMINOU A PARADA. ELES PRECISAVAM DE ALGUÉM COMO ELA, ALGUÉM QUE LHES DISSESSE O QUE FAZER.
E AGORA ELA DOMINOU O PORTÃO DE ENTRADA.
SÉRIO, O CENTRO DE RECÉM-CHEGADOS?
ELA NEM PRECISOU LUTAR. ELES JÁ ESTAVAM NERVOSOS POR CAUSA DOS SANTOS E TUDO MAIS.
DEIXE-ME ADIVINHAR, ELA ESTÁ RECRUTANDO TODAS AS ALMAS NOVAS QUE ESTÃO CHEGANDO.
COMO SE ELES TIVESSEM ESCOLHA. TODOS ESTÃO COM RAIVA POR NÃO TEREM PENSADO NISSO ANTES.
É POR ISSO QUE ELA MATOU O FANTE, UMA GRANDE FARSA PARA DISTRAIR O CORAL E ELA ENTRAR DE FININHO.
CERTO. VOU INVESTIGAR. É POR ISSO QUE ESTOU VESTIDO?
"NÃO. É PORQUE A MA ESTÁ PRESTES A DERRUBAR O JONES."
"E AQUELA COISA QUE VOCÊ QUERIA QUE EU ENCONTRASS VOCÊ TINHA RAZÃO. ESTÁ COM O JONES. NA CABEÇA DELE. QUE TALVEZ NÃO ESTEJA PO AÍ POR MUITO TEMPO."

"QUANTO TEMPO EU TENHO?"
"NÃO MUITO."
"POSSO TRABALHAR COM ISSO."
"ACHO BOM. NÃO ESTOU FAZENDO ISSO POR DIVERSÃO, QUERO O QUE VOCÊ ME PROMETEU."
"VOCÊ VAI RECEBER. ACREDITE."
"CONFESSO QUE ISSO DE FAZER COM QUE ELES SE DESTRUAM... PARECE QUE JÁ VI ESSE PLANO ANTES!"
"E DEPOIS? TODOS DÃO AS MÃOS E COMEÇAM A CANTAR?"
"ALGO DO TIPO."
"NÃO, TENHO UMA CARTA NOVA NA MANGA."
"CONSIDERE ESSA ÚLTIMA CARTADA."
"ELES AINDA NÃO ESTÃO ASSUSTADOS O SUFICIENTE. AINDA NÃO ESTÃO CANSADOS."
"ELES PRECISAM DE UM ÚLTIMO EMPURRÃO."
VRRRMMM

ALGUMAS VEZES EU ME PREOCUPO.
50
70
BLAM
BLAM
E SE EU SENTIR FALTA DISSO AQUI?
90
BLAM
BLAM
BLAM
TEM UMA COISA SOBR UMA LUTA.
ELA FAZ VOCÊ QUERER LUTAR MAI COM DESAFIOS MAIORES.
FAZ VOCÊ SE SENTIR CAPAZ DE IR CONTRA A DROGA DO MUNDO INTEIRO.
É UMA SENSAÇÃO BOA, ENQUANTO ELA DURA.
ADRENALINA O TEMPO TODO. MESMO QUANDO VOCÊ ESTÁ MORTO.
COMO POSSO DEIXAR TUDO PRA TRÁS?
VOU SOBREVIVER SEM ISSO?

NÃO SEI O QUE É PAZ.
PARECE TÃO DISTANTE QUANTO ESTAR VIVO.
NA MINHA CABEÇA, IMAGINO UM SILÊNCIO TÃO INTENSO QUE FAZ OS OUVIDOS ZUNIREM.
BLAM
KRSSSH
EI, JONES. VAMOS CONVERSAR.
SAM, O QUE ESTÁ FAZENDO NO MEU... HÁ UMA GUERRA DAS GRANDES LÁ FORA!
E UMA AQUI TAMBÉM.
EU TE AVISEI, JONES. EU FIZ UMA OFERTA. QUER QUE EU TE SALVE? QUERO UMA COISA PRIMEIRO.
ONDE ESTÁ A GINA?
QUEM É ESSA AÍ?
A GAROTA DA MAIA. A MESMA QUE DEIXOU NOSSA AMIGA DOIDA A PONTO DE QUEIMAR TODO MUNDO.
ELA NÃO ESTÁ COM O GRUPO DA MA. NEM ESTÁ NAS RUAS, ENTÃO O QUE VOCÊ FARIA COM ELA?
AH, É CLARO. SIM, CLARO. SEI DISSO.
VOU ANOTAR PRA VOCÊ, SAM. FIQUE CALMO.
EU ESTOU, JONES. É POR ISSO QUE VOCÊ DEVERIA ESTAR COM MEDO.

LÁ. ELA ESTÁ LÁ. NEM ME IMPORTO COM O QUE VOCÊ VAI FAZER.
A MA NÃO SABIA O QUE ELA TINHA. EU A PEGUEI QUANDO PERCEBI QUE A MAIA ESTAVA FICANDO CONVENCIDA. ACHEI QUE ELA PODERIA SER ÚTIL.
AGORA ME CONTE SEU PLANO PRA SALVAR MINHA PELE, FILHO.
VOU TE CONTAR UM SEGREDO, JONES. NÃO TENHO UM PLANO. NUNCA TIVE.
TUDO QUE EU FIZ? FOI SEMPRE DE IMPROVISO.
COMO AGORA.
QUERIA PODER TE AJUDAR, JONES, MAS SÓ TEM UM JEITO PRA VOCÊ GANHAR UMA GUERRA.
PARAR DE BRINCAR.
VOCÊ PROMETEU. VOCÊ JUROU. ISSO SIGNIFICA...
DEI MINHA PALAVRA. NINGUÉM TOCA EM VOCÊ, VOCÊ FICA NA MIÚDA, PARA DE LUTAR COM A MA E VAI DESCANSAR.
EU VENHO TE BUSCAR QUANDO FOR A HORA.
E SE EU ME CANSAR DE ESPERAR?
NÃO CANSE.

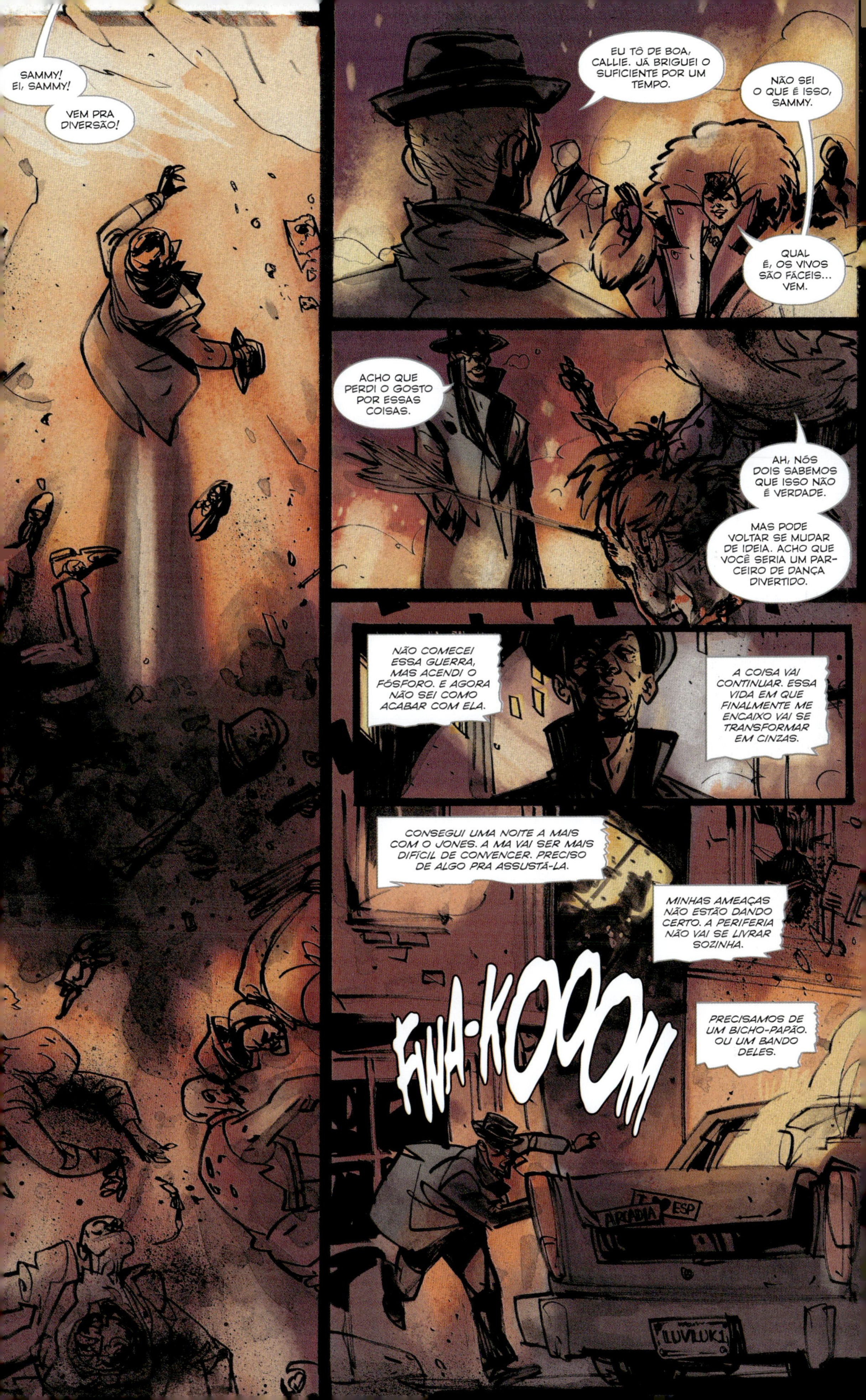
SAMMY! EI, SAMMY!
VEM PRA DIVERSÃO!
EU TÔ DE BOA, CALLIE. JÁ BRIGUEI O SUFICIENTE POR UM TEMPO.
NÃO SEI O QUE É ISSO, SAMMY.
QUAL É, OS VIVOS SÃO FÁCEIS... VEM.
ACHO QUE PERDI O GOSTO POR ESSAS COISAS.
AH, NÓS DOIS SABEMOS QUE ISSO NÃO É VERDADE.
MAS PODE VOLTAR SE MUDAR DE IDEIA. ACHO QUE VOCÊ SERIA UM PARCEIRO DE DANÇA DIVERTIDO.
NÃO COMECEI ESSA GUERRA, MAS ACENDI O FÓSFORO. E AGORA NÃO SEI COMO ACABAR COM ELA.
A COISA VAI CONTINUAR. ESSA VIDA EM QUE FINALMENTE ME ENCAIXO VAI SE TRANSFORMAR EM CINZAS.
CONSEGUI UMA NOITE A MAIS COM O JONES. A MA VAI SER MAIS DIFÍCIL DE CONVENCER. PRECISO DE ALGO PRA ASSUSTÁ-LA.
MINHAS AMEAÇAS NÃO ESTÃO DANDO CERTO. A PERIFERIA NÃO VAI SE LIVRAR SOZINHA.
FWA-KOOOM
PRECISAMOS DE UM BICHO-PAPÃO. OU UM BANDO DELES.
ARCADIA
ESP
LUVLUK1

NÃO ATIREM. QUERO FALAR COM A MAIA, SUA CHEFE.
DIGAM QUE É O SAM.
O ANTIGO PARCEIRO DELA.
O QUE ESTÃO CONSTRUINDO AÍ?
VOCÊS NÃO FALAM MUITO, NÉ?
GOSTEI DAS ROUPAS.
OLHA SÓ QUEM VEIO FAZER UMA VISITA OFICIAL. CHEGA DE PERSEGUIÇÃO PRA VOCÊ, SAM?
ESTOU TENTANDO SER MAIS DIRETO. POSSO SER DIRETO COM VOCÊ?
SE VOCÊ FOR CAPAZ. VÁ EM FRENTE.
NÃO SEI SE PERCEBEU, MAS AS COISAS ESTÃO FICANDO RUINS LÁ FORA.
A CIDADE ESTÁ CAINDO AOS PEDAÇOS. E É SÓ O COMEÇO.
POXA, PENSEI QUE ESTIVESSE ACA-BANDO COM ESSA GUERRA, SAM.
ELA É GRANDE DEMAIS. MUITAS FACÇÕES. MUITOS ESFORÇOS DE ÚLTIMA HORA VÃO DERRUBAR TUDO SOBRE AS CABE-ÇAS DELES.
MAS NÃO ERA ESSE O SEU PLANO? ENTRAR E RECONQUISTAR OS ESCOMBROS?
ISSO JÁ FOI LONGE DEMAIS. O AQUI NEM VAI MAIS SER AQUI EM BREVE. ELES NÃO VÃO PARAR.
VÁ CONTAR PARA DEUS.
OU PRO DIABO. SABE COMO POSSO FALAR COM ELES?
SAM...
QUERO FAZER UM ACORDO.

HA. HA. HA. FOI MAL, É QUE, PELA PRIMEIRA VEZ, VOCÊ ME ***SURPREENDEU***.
VOCÊ NÃO É MAIS CRIANÇA, SAMMY!
DIGA À SUA CHEFE QUE ESTOU PRONTO PRA NEGOCIAR.
MINHA CHEFE ME DESPEDIU, SAM. VOCÊ DEVIA SABER.
ESTOU FALANDO DO SEU NOVO CHEFE.
STOU LISONJEADA, MAS SOU MINHA PRÓPRIA CHEFE.
ENTÃO O QUE É ESSE NOVO CORAL LÁ FORA?
DESCULPA. NÃO SOU UMA LÍNGUA SOLTA QUE CONTA SEGREDOS, COMO SEUS OUTROS AMIGOS. POR QUE NÃO TENTA FAZER UM ACORDO COM ELES? OU DEUS, SE CONSEGUIR ENCONTRÁ-LOS?
NÃO SÃO ELES QUE ASSUSTAM TODO MUNDO.
É VOCÊ.
OH, SAM, ISSO É... OBRIGADA.
EIS A MINHA OFERTA:
EU ENTREGO MEU EXÉRCITO PRA VOCÊ. A PERIFERIA. OS SANTOS. ELES LUTAM POR VOCÊ AGORA. PODE FAZER O QUE QUISER COM ELES.
O QUE VOCÊ GANHA?
VOU TE DAR UMA LISTA DE PESSOAS, INCLUINDO EU, QUE VÃO FICAR DE FORA DISSO.
NÓS VAMOS VIVER AS NOSSAS VIDAS E VOCÊ NÃO VAI NOS INCOMODAR.
SE TENTAR BURLAR OS TERMOS DESSE ACORDO, VOU TE COMER VIVO, SAM. NEM QUE SEJA A ÚLTIMA COISA QUE EU FAÇA. E NÃO VAI SER.
UH-HUH. ENTÃO VAMOS FAZER ISSO?
PARECE UMA BOA IDEIA, SÓCIO.
VENHA TOMAR UM DRINK.

SEI QUE DEVEM ESTAR CANSADOS DE DISCURSOS. EU TAMBÉM ESTOU.
ESTAMOS INDO EMBORA. EM UM OU DOIS DIAS.
JÁ CONVERSAMOS MUITO SOBRE GUERRA. AGORA É HORA DE DEIXAR A AÇÃO TOMAR SEU LUGAR À MESA.
ESTAMOS A SALVO AQUI, MAS NÃO POR MUITO TEMPO.
NOTÍCIAS RUINS ESTÃO CHEGANDO. TEMOS QUE FICAR UM PASSO À FRENTE.
ESSA É A ÚNICA JOGADA QUE ELES NÃO ESPERAM.
NÓS VAMOS PERDER GENTE. TALVEZ MUITA GENTE.
MAS SEREMOS DONOS DO NOSSO FUTURO. E NINGUÉM MAIS.
ACREDITO QUE VALE A PENA LUTAR POR ISSO. SOFRER POR ISSO.
A ETERNIDADE É TEMPO DEMAIS PRA OUTRA PESSOA ESTAR NO CONTROLE.
VERIFIQUEM SUAS ARMAS. PREPAREM-SE PRA AGIR.
E ENQUANTO ISSO APROVEITEM O QUE FIZEMOS.
LOGO VAI SE ESPALHAR PELO MUNDO TODO.
VOCÊ FOI ÓTIMO, SAM. TE SEGUIRIAM A QUALQ LUGAR.
EU... EU SEI. PODEMOS IR PRA CASA AGORA?
NÃO. ACHO QUE NÃO.

EPISÓDIO ONZE

SAM?
ESTOU AQUI.
UMA SEMANA ATRÁS
BELO VISUAL.
O SOL PARECE DIFERENTE. NÃO ESTÁ QUENTE. É SÓ... LUZ.
É COMO SE ESSE MUNDO TIVESSE SIDO CONSTRUÍDO COM BASE EM DESCRIÇÕES VAGAS DE ALGUÉM.
NÃO ME VENHA COM ESSAS PREOCUPAÇÕES, SAM.
NO QUE ESTÁ PENSANDO? DE VERDADE?
EM NADA. ESTOU BEM ASSIM.
SEM ME PREOCUPAR EM LEVAR UM TIRO NA CABEÇA OU EM COMANDAR UM EXÉRCITO. ESTOU ENTEDIADO A PONTO DE ME INTERESSAR PELO CLIMA NO PURGATÓRIO.
AS SUAS CICATRIZES PRATICAMENTE SUMIRAM.
VAI MAIS RÁPIDO QUANDO SE PARA DE PENSAR NELAS.
MUITA COISA VAI.
VAMOS EMBORA, QUERO COMER.
TEMOS UMA LONGA VIAGEM PELA FRENTE.
TENHO CERTEZA QUE VAMOS ENCONTRAR ALGO NO CAMINHO.

DEPOIS QUE TUDO ISSO ACABAR, VAMOS TER FÉRIAS DE VERDADE.
NADA DE TRABALHO. NADA DE DIRIGIR PELO PURGATÓRIO. SÓ VOCÊ E EU TRANCADOS NUM QUARTO.
UH-HUH. SE SOBREVIVERMOS.
CHEGA DE FALAR DE TRABALHO, JUDE. VAMOS FAZER DE CONTA.
O QUE VAMOS FAZER DE CONTA?
QUE ESTAMOS VIVOS. E SOMOS NORMAIS. UM CASAL CHATO PEGANDO A ESTRADA.
A CAMI-NHO DO MONTE RUSHMORE OU ALGUMA OUTRA COISA BREGA.
NÓS MORAMOS EM UM DEPÓSITO ADAPTADO. VOCÊ TRABALHA EM UM PEQUENO ESCRITÓRIO DE DETETIVE NOS FUNDOS.
EU TENHO UMA PEQUENA LIVRARIA NA CIDADE.
NÃO SOMOS RICOS, MAS ESTAMOS TRANQUILOS PRA PAGAR AS CONTAS E TER UMA SOBRA PRA BANCAR UMA AVENTURA IMPULSIVA.
QUEM QUEREMOS ENGANAR, SAM?
NÓS MESMOS, JUDE. É A ÚNICA FORMA ACEITÁVEL DE MENTIR.
DEIXE-ME APENAS FANTASIAR UM POUCO MAIS SOBRE SER NORMAL.
AS COISAS VÃO FICAR ESQUISITAS.

TÚNEL DE LUZ.
PARECE FAMILIAR.
SCREEEEEEEE
EI.
OBRIGADO POR VIR.
TROUXE O QUE PEDIU. NÃO FOI FÁCIL.
SANTO...
NÃO TEM NADA DE SANTO AÍ.

AGORA
SEMPRE FUI UM SOLITÁRIO.
MULTIDÕES ME DEIXAM NERVOSO. TEM UMA ENERGIA QUANDO VOCÊ JUNTA UM MONTE DE GENTE, É TRAIÇOEIRO.
MESMO QUANDO EU ESTAVA NO COMANDO LÁ EMBAIXO, EU LEVAVA AS COISAS DE BOA. NÃO QUERIA SER ARRASTADO QUANDO PUXASSEM A CORRENTE.
A MELHOR PARTE DE AQUI TAMBÉM É A PIOR.
TUDO PARECE TÃO FAMILIAR. COISAS RUINS, COISAS BOAS.
AQUELE PESO NAS MINHAS COSTAS, AQUELA SENSAÇÃO DE ÚLCERA NO ESTÔMAGO.
SAM!
DROGA, ESTÁ ACONTECENDO. DE VERDADE.
TODOS ESTÃO PREPARADOS, ARMADOS E PRONTOS PRA AGIR. NUNCA VI NADA ASSIM. VOCÊ UNIU TODOS NÓS, IRMÃOZINHO.
E AGORA? QUANDO PARTIMOS?
LOGO. AINDA NÃO SEI. TENHO QUE VERIFICAR UMAS COISAS.
CÊ TÁ LEGAL? DEVIA ESTAR COMEMORANDO. ESSE LANCE VAI DAR *CERTO*.
UH-HUH. A JUDE E EU TEMOS QUE CUIDAR DE ALGUNS DETALHES. DEIXE TUDO PRONTO.
ESCUTA, SEI QUE DÁ MEDO, MAS TUDO O QUE TEMOS DE FAZER É DECIDIR FAZÊ-LO. NÃO *PRECISAMOS* DE MAIS ETAPAS.
ACREDITE EM VOCÊ. NÓS ACREDITAMOS.

AONDE VOCÊ FOI? PENSEI QUE ÍAMOS...
FUI VERIFICAR O ENDEREÇO. É LEGÍTIMO. E ESTÁ ABASTECIDO, BEM MAIS DO QUE DEVERIA.
EU QUERIA QUE VOCÊ NÃO TIVESSE...
E EU QUERIA QUE VOCÊ PARASSE DE SE PREOCUPAR, SAM. FIZ COISAS MUITO MAIS PERIGOSAS ANTES DE TE CONHECER E VOU...
DESCULPA. VOCÊ ESTÁ CERTA. FOI ESTUPIDEZ MINHA.
MAS DA PRÓXIMA VEZ NÃO ME DEIXA PRA TRÁS.
AAAH, NÃO QUERIA TE TERROMPER ENQUANTO VOCÊ BANCAVA O GENERAL MALVADO. ISSO É SEXY.
PRECISAMOS DE APOIO?
SIM.
MAS QUEREMOS ALGUM?
VAMOS PRECISAR DE MAIS DO QUE UM PUNHADO DE ARMAS.
PEGUEI ALGUMAS COISAS PRA VOCÊ. ESTÃO NO PORTA-MALAS.
EU JÁ DISSE QUE VOCÊ É ADORÁVEL?
AH, VOCÊ SÓ ESTÁ DIZENDO ISSO PORQUE GOSTO DE ATIRAR NOS CARAS.

"AINDA ESTAMOS NA CIDADE?"
"NA PARTE MAIS ANTIGA. NINGUÉM VEM PARA CÁ. POSSEIROS, MARINHEIROS, RECÉM-CHEGADOS QUE NÃO SE AJUSTARAM."
"HÁ MUITOS FANTASMAS POR AQUI."
TEM IDEIA DE ONDE ELA ESTÁ?
NÃO.
QUANTAS PESSOAS LÁ DENTRO?
SEI LÁ.
QUER QUE SEJ BARULHENTO O SILENCIOSO?
OUTRO HOTEL FULEIRO.
OUTRO BANDO DE CAPANGAS ARMADOS.
PARECE FAMILIAR.
AS COISAS COSTUMAM SE REPETIR AQUI. TÃO SUTILMENTE QUE NEM SE PERCEBE SE VOCÊ NÃO ESTIVER OLHANDO.
PRIMEIRO SILENCIOSO. DEPOIS BARU-LHENTO.
BOA RESPOSTA.
É COMO SE O DÉJÀ VU FOSSE UM LUGAR.
E SE FORMOS RATOS EM UMA RATOEIRA, AQUELA SENSAÇÃO FAMILIAR É A COBRA QUE FOI JOGADA LÁ DENTRO.

É RECONFORTANTE DE CERTA MANEIRA. SABER O QUE ESTÁ PARA ACONTECER.
O QUE VAI SAIR DA CAIXA.
AS NOVIDADES É QUE SÃO ASSUSTADORAS.
UMA ARMA NA MINHA CARA, UMA SITUAÇÃO PERDIDA DA QUAL SÓ POSSO ESCAPAR COM A MINHA LÁBIA, ISSO É NORMAL. SEGURO.
PRONTO-SOCOR
UMA GAROTA COMO A JUDE ME DEIXANDO SEM PALAVRAS E ATRAPALHADO, O DIABO CUTUCANDO MINHA CABEÇA COM O NARIZ, O AQUI DESMORONANDO SOBRE NÓS... NÃO SEI O QUE FAZER COM ISSO.
CONTINUO APRONTANDO, SOCANDO, ATIRANDO, ESPERANDO A MINHA RECOMPENSA QUANDO A POEIRA ABAIXAR.
CHEGA DE BALAS, CHEGA DE SANGUE.
QUERO ACORDAR COMO UM NINGUÉM.
NÃO COMO UM ASSASSINO, UM TRAPACEIRO, UM TRAIDOR.
KRKKK
UMA VIDA NORMAL. SEM BATALHAS.
VOCÊ É A GINA?
SOU.
QUER SAIR DAQUI?
TENHO ESCOLHA?
INCLUA SEQUESTRADOR NA LISTA, ACHO.

BRNNNGG
AGORA VOCÊ CONSEGUIU.
A CAVALARIA ESTÁ VINDO.
ESTAMOS TENTANDO TE SALVAR, GINA.
KRAK
UHUM. COMO O JONES TENTANDO ME SALVAR. SEI QUEM VOCÊ É, WHISTLER.
BLAM BLAM
ENTÃO SABE QUE NÃO ESTOU DO LADO DE NINGUÉM.
VOCÊ ESTÁ, SIM. VOCÊ ACHA QUE NÃO, ÓBVIO, MAS DEUS É BOA NESSAS COISAS. VOCÊ CONHECE ELA E SEUS DESÍGNIOS MISTERIOSOS.
ESTAMOS AQUI PRA *DERRUBAR* DEUS. PRA FAZÊ-LA RESPONDER POR AQUI, POR TODOS NÓS PRESOS NESSE LUGAR.
É ATÉ BONITINHO VOCÊ ACHAR QUE ISSO É POSSÍVEL.
TEMOS ARMAS. EXTERMINADORAS DE ALMAS. SE ELAS MATAM ANJOS, VÃO MATAR DEUS.
"EXTERMINADORAS DE ALMAS? QUEM VOCÊ ACHA QUE PLANTOU A IDEIA NA CABEÇA DAQUELES MATUSALÉNS VELHOS E IDIOTAS?"
"NÃO É UMA REVOLUÇÃO. É SÓ O QUARTO ATO. QUANDO ACABAR, A PEÇA COMEÇA DE NOVO, COMO SE NADA TIVESSE ACONTECIDO."
"NÃO DESSA VEZ. VOU TE MOSTRAR. DEUS ESTÁ DESTRUINDO O CENÁRIO. E A MAIA ESTÁ AJUDANDO."
BA-DOOOOM
"SE VOCÊ INSISTE. SOU APENAS UMA POBRE DAMA INOCENTE QUE NÃO SABE POR QUE A VIDA DEU UMA GUINADA TÃO PERVERSA."

ELA FEZ ISSO? CACETE.
MANDOU BEM, GATA.
A CULPA É DA MAIA. POR SUA CAUSA, GINA.
ENGRAÇADO. FOI POR ISSO QUE EU A LARGUEI, PRA COMEÇO DE CONVERSA.
QUANDO NOS CONHECEMOS, ESTÁVAMOS ASSUSTADAS, SOZINHAS.
FOI BOM. NECESSÁRIO. AÍ VOCÊ SE AJUSTA, ENCONTRA SEU NICHO. MAS PRA MAIA, ERA SÓ NÓS DUAS, O RESTO ERA DISTRAÇÃO.
"E VOCÊ ACHOU ISSO RUIM?"
"QUANDO OLHEI NOS OLHOS DELA, VI UMA GAROTA COM POTENCIAL PARA GRANDES FEITOS. ELA ESTAVA LIMITADA LÁ EMBAIXO, EU NÃO A DEIXARIA NA MESMA SITUAÇÃO AQUI."
"ENTÃO FUI EMBORA E ENTREI PRO PEQUENO CIRCO DA MA. PENSEI QUE PODERIA INSPIRÁ-LA."
"PARABÉNS. VOCÊ FOI A INSPIRAÇÃO DISSO."
"ELA ESTÁ DESTRUINDO O PURGATÓRIO PRA TER VOCÊ DE VOLTA."
"ACHO QUE ESSA FOI A COISA MAIS ROMÂNTICA QUE JÁ OUVI."
ENTÃO SOU SUA APÓLICE DE SEGURO? O QUE ELA FEZ VOCÊ FAZER?
PAREI COM ISSO. CHEGA DE TRABALHAR PROS OUTROS. VOCÊ VAI NOS AJUDAR A SAIR DESSA ENRASCADA EM QUE NOS METEMOS.
ESTAMOS A SALVO, JUDE. DE VERDADE.
PODEMOS FINALMENTE RELAXAR.
AH NÃO NÃO NÃO NÃO...
KRKKK
SAMMY. PRA FORA.

FICA NO CARRO. É SÉRIO.
ME OBRIGUE.
JÁ ESTAVA FICANDO ENTEDIADO, AÍ OLHA SÓ O QUE O GATO ME TROUXE.
OS RATOS OS ATRAEM, CHARNEL.
ODEIO DIZER ISSO, MAS FORMAMOS UM BOM TIME, SAM.
ESSE É O CARA CUJA CABEÇA VOCÊ ARRANCOU, NÉ?
...EU O CONVENCI QUE APESAR DE TODAS AS ALMAS QUE O JONES CONSEGUIU, EU PODERIA OFERECER ALGO A MAIS.
A PRÓPRIA DEUS E TODOS OS ANJOS QUE TRABALHAM PRA ELA.
COMO EU PODERIA RECUSAR?
VOCÊS FORMAM UM LINDO CASAL.
HÁ QUANTO TEMPO TRABALHA COM ELE?
COMECEI DEPOIS QUE *DEIXEI* A MAIA LEVÁ-LO.
NÃO EXISTE APARELHO DE ESCUTA MELHOR DO QUE UMA CABEÇA DECEPADA QUE TODO MUNDO QUER.
QUANDO TUDO ACABAR, NÓS DOIS VAMOS RESOLVER ISSO.
NÃO ESTRAGUE AS COISAS, CHARNEL.

ENTÃO, ONDE ELA ESTÁ?
ELA SE FOI. JUNTO COM TODOS OS MEMBROS DO CORAL DELA.
PRA ONDE?
O MEU PALPITE SERIA PARTICIPAR DO CANTO.
DEPOIS DAQUELA CONFUSÃO LÁ NO JONES, QUANDO TANTOS CORPOS FORAM EMPILHADOS E DETONADOS, CABEÇAS MAIS SERENAS PREVALECERAM.
A MA E O JONES ESTÃO ASSINANDO UM TRATADO DE PAZ. A GUERRA ACABOU.
É ISSO? NUM MINUTO ESTÃO LUTANDO E NO OUTRO ESTÃO SENTANDO À MESA?
EU PODERIA TER COLOCADO UMA FACA NO PESCOÇO DO JONES PRA CONVENCÊ-LO, MAS SIM.
GUERRAS SEM FIM, LUTAS, ISSO FAZ SENTIDO, ACONTECE TODO O DIA.
ACORDOS? PARCERIAS? SÃO ESSAS RUGAS QUE ME DEIXAM NERVOSO.
ELES ESTÃO SE REUNINDO NO JONES. TODO MUNDO, DOS DOIS LADOS. ESTOU ATRASADO.
E A MAIA?
ESTÁ SE PREPARANDO PRA AVANÇAR, SE EU TIVER QUE CHUTAR.
TALVEZ ATÉ MAIS DO QUE VOCÊ, SAMMY.
EU ENTRO EM CONTATO.

NUNCA CONSEGUI ENTENDER A MAIA QUANDO ELA ESTAVA POR AÍ. SÓ VIA O QUE ELA QUERIA ME MOSTRAR.
MAS ENTENDO O QUE A GINA ESTAVA DIZENDO, AQUELA EXPRESSÃO NOS OLHOS DELA. SE ELES PUDESSEM MATAR, TODO O AQUI JÁ TERIA SUMIDO HÁ MUITO TEMPO.
AS COISAS QUE ELA DEIXOU DE FORA ERAM DISPENSÁVEIS. SÓ UMAS BUGIGANGAS QUE O CORAL JUNTOU PRA ELA.
PRA ME DESPISTAR.
MAS SEI QUE ESTÁ POR AQUI.
ALGO IMPORTANTE. RECENTE. A MAIA É MUITO VAIDOSA, É A ÚNICA FRAQUEZA QUE POSSO ATACAR.
E UMA HORA VOU DESCOBRIR O QUE ESTOU...
BINGO.
ESTOU VENDO ATRAVÉS DOS OLHOS DELA. UMA MÁQUINA. COMO AQUELA NOS LIMITES DA PERIFERIA QUE CONSTRÓI NOVOS TERRENOS A PARTIR DE MATÉRIA-PRIMA.
ESSA COISA DESTRÓI TUDO E AINDA DÁ RISADA.
ELES A ESTÃO LEVANDO PRA ALGUM LUGAR. PRA USÁ-LA.
SAMMY, O QUE ESTÁ FAZENDO?
VOCÊ NÃO VAI GANHAR ESSA, AMIGO.
BOOM! STUDIOS APRESENTA
O Diabo em um Vestido AZUL
SEBELA VISIONS GUARDIA
11

VOCÊ TENTOU ISSO ANTES.
DEIXE-ME MOSTRAR POR QUE ESTÁ ERRADO.
PESADO, NÃO?
VÁ PARA CASA, LEVE SUA MULHERZINHA, ACOMODE-SE E TENHA UM BOM MOMENTO ANTES DE TUDO ACABAR.
ESSA É A SUA ÚNICA OPÇÃO.
POR QUE ESPERAR? DESTRUA A TODOS NÓS AGORA.
ISSO NÃO É DIVERTIDO. QUERO VER O QUE ELES VÃO *FAZER*. ESTÃO PERCEBENDO QUE TUDO ESTÁ COMEÇANDO A DESAPARECER, QUE O AQUI NÃO VAI MAIS RETORNAR.
ELES ESTÃO SE LEMBRANDO DE COMO É SENTIR MEDO DE MIM.
E EM MEIA HORA VAI HAVER UMA NUVEM DE ALMAS EM FORMA DE COGUMELO SAINDO DAQUELE TRATADO DE PAZ.
POSSO TE IMPEDIR.
AH, VOCÊ PODE TENTAR, SAM. VOCÊ RECUSOU MINHA ADORÁVEL OFERTA. VÁ SE JUNTAR A ELES.
TALVEZ VOCÊ TENHA SORTE.
JUDE! ESTAMOS *INDO!*
"OU TALVEZ NÃO E VOCÊ VAI ACABAR NO MEU PEDACINHO DE TERRA."
"QUE É O SEU LUGAR."
PRA ONDE?
PRO LUGAR QUE NÃO DEVERÍAMOS IR.

E QUANDO CHEGARMOS LÁ, VOCÊ PEGA A GINA E VOLTA PRO SUBÚRBIO.
E VOCÊ VAI FAZER O QUÊ?
VOU TENTAR SALVÁ-LOS. A MA, O JONES E O PESSOAL DELES.
ESSE É O FIM DO MUNDO.
DO *QUÊ?*
DA MAIA.
OUTRA GUERRA DE GANGUES? NÃO ACABAMOS COM UMA HÁ POUCO TEMPO?
OU PELO MENOS DE UM OU DOIS BAIRROS DELE.
E VOCÊ QUER ENFRENTÁ-LO?
NÃO, NÃO MESMO.

PASSEI TODA A MINHA VIDA TENTANDO DESTRUIR O MUNDO.
É POR ISSO QUE ME ESFORCEI TANTO PRA ESQUECER. PORQUE ESSE É O MEU LEGADO.
GENTE MORTA, VIDAS DESPEDAÇADAS, IMPÉRIOS ARRUINADOS. ENTÃO VIREI UM INFORMANTE PRA FECHAR COM CHAVE DE OURO.
OLHANDO DAQUI, NÃO É BONITA?
GINA, VOU AMARRAR SUA BOCA COM O CINTO DE SEGURANÇA SE NÃO FICAR QUIETA.
ESTOU A UMA RUA DE DISTÂNCIA, COM SORTE. EU NUNCA VIRO A PÁGINA.
EU SEQUESTRO PESSOAS, FAÇO ACORDOS COM ASSASSINOS SERIAIS, VIRO TRAIDOR, ARRANJO TEMPO NUM LUGAR QUE O TEMPO DEVERIA SER INFINITO.
É TÃO FÁCIL RETROCEDER E DEIXAR QUE AS TREVAS TE LEVEM DE VOLTA.
É FAMILIAR. DÉJÀ VU. AQUI.
FICO TENTANDO ESCAPAR DISSO.
MAS O OPOSTO DE UM VILÃO NÃO É UM CARA COMUM.
É UM HERÓI.
DROGA.
O QUÊ?
TENHO QUE VOLTAR.

ESTAMOS A SALVO. SAM, O QUE ESTÁ FAZENDO?
A COISA CERTA. ACHO.
QUERIA QUE FOSSE VERDADE. MAS MESMO QUE EU SALVASSE TODAS ESSAS PESSOAS DO ABISMO, DA MÁQUINA DE EXTERMINAR-AQUI DA MAIA, EU AINDA ESTARIA SUJO.
O SANGUE NAS MINHAS MÃOS NÃO SAI. SÓ MUDA DE ÉPOCA. SE EU NÃO ENCONTRAR UMA SAÍDA, ESTOU CONDENADO A SER COMO O RESTO DELES.
LUTANDO PELO MESMO PEDAÇO DE TERRITÓRIO ATÉ O FIM DOS TEMPOS, FERRANDO COM TODO MUNDO NO CAMINHO.
OS CHEFES ESCAPARAM, CLARO. OS RATOS RAIVOSOS SEMPRE ABANDONAM O NAVIO PRIMEIRO.
E VOCÊ, CALLIE?
BEM, SIM. O QUE VOCÊS FARIAM SE EU NÃO ESTIVESSE POR PERTO?
QUE BELA COMEMORAÇÃO, HEIN, SAMMY?
TODOS ESTÃO AQUI.
LEVEM TODOS PRA LÁ!
A FESTA AINDA NÃO ACABOU, CALLIE.
LOGO SABEREMOS.

BLAM
BLAM
JUDE! QUER SAIR DAQUI AGORA?
BELEZA, SEU ARGUMENTO É CONVINCENTE.
BLAM BLAM
O QUE ESTÁ PLANEJANDO FAZER?
FALAR COM A MAIA.
BLAM
ESTOU BEM AQUI, SAM. O QUE VOCÊ...
GINA?
GATA?
TE VEJO EM CASA, JUDE.
É BOM MESMO, SAM. ASSIM POSSO CHUTAR SEU...
DETENHAM-NA!
DESCULPA, MAIA. SE QUISER PEGÁ-LA, VAI TER QUE PASSAR POR MIM.
BLAM
NÃO PRECISAM SER GENTIS.
CERTO. ACABEM COM ELE!

COMO EU DISSE. AS COISAS FAMILIARES SÃO FÁCEIS PRA MIM.
EU CONTRA O CORAL, EU CONTRA OS FEDERAIS, EU CONTRA TODAS AS OUTRAS GANGUES DE RUA.
PROBABILIDADES IMPOSSÍVEIS FAZEM SENTIDO.
BLAM BLAM BLAM
CLICKCLICKCLICK
MAS OS MOTIVOS, NÃO.
ESTOU FAZENDO ISSO PELA JUDE. PRA SALVÁ-LA DISSO.
ELA FICA ME FALANDO PRA NÃO FAZER ISSO, MAS ESSA COISA DENTRO DE MIM É NOVA E FRÁGIL.
TENHO QUE PROTEGÊ-LA. TENHO QUE MORRER PRA SALVÁ-LA.
E EU MORRERIA. E NÃO SEI O QUE FAZER COM ISSO.
NÃO DÁ PRA DIZER QUE SEJA ALGO QUE JÁ SENTI ANTES.
SAM, NÃO ESTOU BRAVA CONTIGO. NÃO ESTOU DESAPONTADA. JÁ SUPEREI ESSAS PALAVRINHAS.
AS COISAS QUE VOCÊ FEZ. TRAZÊ-LA AQUI? ENCONTRÁ-LA ANTES DE MIM?
VOU MATAR TUDO QUE VOCÊ AMA. TUDO QUE VOCÊ CONHECE.
VOCÊ VAI IMPLORAR PRA SER MEU CACHORRINHO QUANDO ISSO ACABAR.
ASSIM QUE O FIZER, SUA GAROTA VAI SE DISPERSADA.
SABENDO QUE VOCÊ TINHA OUTRA ESCOLHA, MAS A DEIXOU MORRER.
E AGORA?

VOCÊ LEU A MINHA FICHA. SABE QUE ELIMINEI TODOS QUE AMEI LÁ EMBAIXO.
DIACHO, EU OS ELIMINEI AQUI TAMBÉM. ACEITEI SEU ACORDO.
E TENTOU PULAR FORA ANTES DA TINTA SECAR.
NÃO, SÓ ESTOU CUIDANDO DA MINHA SEGU-RANÇA E DOS MEUS AMIGOS.
VOCÊ ME IMPRESSIONOU COM ESSA.
VOCÊ ESTAVA COM ELA. SABE QUANTO TEMPO EU...
QUE DROGA, SAM.
NOSSO CORDO AINDA TÁ DE PÉ, MAIA. A TE FAZ SER SINCERA.
O QUE VOCÊ SABE SOBRE SINCERIDADE? VOCÊ TEM MENTIDO PRA SI MESMO DESDE QUE MORREU.
E AINDA MENTE. BLOQUEANDO ESSES ÚLTIMOS MOMENTOS DA SUA VIDA. DISCRETAMENTE ESPE-RANDO QUE FIZESSE ALGO NO FIM PRA SE REDIMIR DE TODOS OS HORRORES QUE CAUSOU.
VOCÊ ACHA QUE NO FINAL DE TUDO VAI CON-SEGUIR PROVAR QUEM VOCÊ É.
UM CARA BONZINHO, QUANDO A VER-DADE É OUTRA.
DEIXE-ME MOSTRAR QUEM VOCÊ É.
QUEM VOCÊ É DE VERDADE.
MAIA, VOCÊ NÃO ME ASSUSTA.
NÃO?
BEM, EU SEI O QUE ASSUSTA.

QUIETO. VOCÊ JÁ DEVERIA ESTAR ACOSTUMADO A AGULHAS.
PENSE NELA COMO UMA CHAVE PARA ABRIR UMA PORTA.
SAM WHISTLER, O MALVADÃO.
JÁ ESTÁ COM MEDO?
UNGH...
ESTOU. ESTOU MESMO.
LUTEI COM TODO O PURGATÓRIO PRA RECUPERAR AS MINHAS MEMÓRIAS DA PRIMEIRA VEZ.
DEPOIS ME ESFORCEI MUITO PRA ESQUECÊ-LAS DE NOVO.
MAS NÃO. SOU APENAS EU. SAM WHISTLER.
EU SIMPLESMENTE DEIXEI TUDO DE LADO.

ATÉ QUE UM SANTO DE LUGAR NENHUM ABRIU UM BURACO NA MINHA CABEÇA. E NAS MINHAS DEFESAS.
LEMBREI COMO ENTREGUEI TODO MUNDO QUE EU CONHECIA E MUITAS OUTRAS COISAS QUE ME MANDARAM FAZER. FIZ TUDO COM PRAZER PRA CONTINUAR SEGURO. VIVO.
ENTÃO POR QUE EU MORRI?
ELES ME PRENDERAM E ME CORTARAM. EU ME DEFENDI DA LÂMINA DE UM LOUCO. QUALQUER COISA. O QUE SEJA.
ALGO QUE ME TRANSFORMOU NAQUELES ÚLTIMOS SEGUNDOS.
QUEM ME MATOU? ALGUÉM O FEZ. EU ME RECUSEI A MORRER, ME AGARREI À VIDA, NÃO IMPORTAVA O PREÇO.
QUANDO EU MERECIA SOFRER MAIS DO QUE QUALQUER UM QUE ENTROU NA MINHA ÓRBITA.
CHEGA.
VOCÊ FICA PENSANDO QUE VAI HAVER UMA GRANDE REVELAÇÃO NO FIM DE TUDO, ALGUM HOMEM ATRÁS DA CORTINA. MAS NÃO HÁ NINGUÉM.
É ISSO QUE TE ASSUSTA. É EXATAMENTE COMO VOCÊ PENSOU QUE SERIA.
VOCÊ É EXATAMENTE QUEM PENSOU QUE ERA.
UM TRAIDOR. UM ASSASSINO. UM ARREGÃO.
QUERO UM TELEFONE.

TELEFONE
EI. WALTER. ANOTA UM ENDEREÇO.
CHEGOU A HORA. TRAGA TUDO. FALA PRA JUDE TRAZER A GINA.
ATÉ LOGO, WALTER.
OBRIGADA, SAM.
TODOS MENOS UM.
NOSSO ACORDO AINDA ESTÁ DE PÉ. VOCÊ VAI DEIXAR OS NOMES DA LISTA SAÍREM.
TELEFONE
VOCÊ JÁ FEZ ISSO UMA VEZ. SÓ ESTOU PEDINDO PRA FAZER DE NOVO.
OU, SE PREFERIR, DEIXA QUE EU FAÇO PRA VOCÊ.
VOCÊ ENTENDE QUE NÃO POSSO TE DEIXAR FICAR POR AQUI.
NÃO É JUSTO, MAIA.
NADA DISSO É, SAM.
NÃO SERIA O PURGATÓRIO SE FOSSE JUSTO.
ME DÊ UNS MINUTOS.
VOCÊ TOMOU A DECISÃO CERTA.
TUDO VAI FICAR BEM.

EPISÓDIO DOZE

ANHAMOS A GUERRA. RAMOS DEUS DO SEU RONO E COLOCAMOS PODER NA MÃO DAS PESSOAS.
E ESSA É A NOSSA RECOMPENSA.
PAZ, CALMA, PESSOAS QUE SE IMPORTAM.
MA CASA PERFEITA EM UMA RUA PERFEITA, OM VIZINHOS QUE EU CONHEÇO E CONFIO.
NENHUMA INIMIZADE. NINGUÉM PERDIDO. NENHUMA LEMBRANÇA.
UMA FICHA TÃO LIMPA QUE SE PODERIA COMER NELA.
ESSE É O SEGREDO DO CÉU.
É UM LUGAR EM QUE VOCÊ PODE REALMENTE RECOMEÇAR.
TUDO QUE NOS FOI PROMETIDO EM LIVROS ANTIGOS E NAS MISSAS DE DOMINGO.
A FELICIDADE ETERNA, SÓ QUE NÃO NOS BRAÇOS DE DEUS.
NOS BRAÇOS UNS DOS OUTROS.
PARECE BOM, CERTO?
SAM?
SAM, LEVANTA.
VOCÊ ESTÁ QUEIMANDO O NOSSO FILME.

UMA SEMANA ATR
E ISSO É SÓ UMA ESPIADA NO QUE VOCÊ ESTÁ PLANEJANDO SE METER QUANDO ABRIR ESSES PORTÕES.
AINDA QUEREM ISSO?
SIM. SIM, QUEREMOS.
MAS SERIA BEM MAIS FÁCIL SE NOS AJUDASSEM AQUI.
VOCÊ AINDA NÃO ENTENDEU O PROPÓSITO DESSE LUGAR, SAM.
ELE NÃO FOI FEITO PRA SER *FÁCIL*. ELE FOI *FEITO* PRA MACHUCAR. ELE FOI FEITO PRA DURAR PRA SEMPRE.
E DEUS DEVERIA ESTAR AQUI TAMBÉM.
MUITAS COISAS DEVERIAM ACONTECER. NÃO QUER DIZER QUE ELAS VÃO.
CONSTRUÍMOS O PORTÃO QUE VOCÊ PEDIU. ESTAMOS LHE DANDO A CHAVE. MAS PRA NÓS CHEGA DE LUTAR. CHEGA DE PREOCUPAÇÃO. QUEREMOS FICAR EM PAZ.
PRA FAZER O QUÊ? CONSTRUIR CASTELOS NO DESERTO? EXIBIR O SEU PRECIOSO CONHECIMENTO PARA NINGUÉM?
O QUE VOCÊS ESTÃO FAZENDO DE TÃO IMPORTANTE QUE OS IMPEDE DE LUTAR POR UM PEQUENO PEDAÇO DE LIBERDADE?
ESTAMOS TENTANDO ACHAR UMA SAÍDA.
É ISSO QUE É O PORTÃO!
NÃO, ISSO É APENAS SE AFUNDAR AINDA MAIS.
O CÉU NÃO É O QUE VOCÊ IMAGINA.
NADA É.

DROGA.
É.
O QUE VAI ACONTECER QUANDO O ABRIRMOS?
ENTE VAI COM TUDO. ERIFERIA, A CIDADE, DOS QUE PODEMOS ORGANIZAR.
EPOIS QUE RRUBARMOS ONES E A MA, MOS TER UM HADO DE AL- S QUERENDO NTRAR NA JOGADA.
FÁCIL ASSIM? FICAMOS DE OLHO NA TERRA PROMETIDA, ENTRAMOS E FICAMOS À VONTADE? DEUS VAI SAIR NUM SEGUNDO?
NÃO É SOBRE ELA. É SOBRE NÓS. FICAMOS PRESOS AQUI, ERA PRA SEGUIRMOS ADIANTE, E AO INVÉS DISSO FOMOS DEIXADOS PRA APODRECER PORQUE DEUS SE CANSOU DE SEU PROJETO CIENTÍFICO.
ISSO É UM EXPERIMENTO PRA ELA. VAMOS LHE MOSTRAR COMO TUDO PODE DAR ERRADO.
ESTOU COMEÇANDO A DESCONFIAR QUE TALVEZ VOCÊ NÃO SEJA LOUCO.
E QUE VOCÊ NÃO ESTÁ IMPROVISANDO AS COISAS NO MEIO DO CAMINHO.
JÁ FALEI. SEI O QUE ESTOU FAZENDO.
ENTÃO POR QUE ESTÁ TÃO PREOCUPADA, JUDE?
PORQUE EU NSEI EM ALGO SSUSTADOR.
PODEMOS GANHAR ESSA.

BOOM! STUDIOS APRESENTA
O GRANDE SONHO DOURADO 1
SEBELA VISIONS GUARDI
VAI. ANDA LOGO, MAIA, ME DISPERSA.
AINDA NÃO É O FIM.
AGORA
E EU ACHO QUE VOCÊ DEVIA FICAR POR AQUI MAIS UM POUQUINHO PRA VER O QUE ACONTECE, JÁ QUE FOI VOCÊ QUE TORNOU TUDO POSSÍVEL.
COM UMA AJUDA DOS MEUS AMIGOS.
TODOS NÓS JUNTOS EM UMA CELA. QUE CONVENIENTE.
SÓ QUE ESTÁ FALTANDO ALGUÉM. NÃO É?
QUEM? DEUS OU A GINA?
SEI QUE DEUS ESTÁ A CAMINHO.
E ELA NÃO ESTÁ FELIZ.
TUDO CORRENDO DE ACORDO COM O PLANO, HEIN?
HÁ QUANTO TEMPO VOCÊ ESTÁ PLANEJANDO ESSE GOLPE?
DESDE SEMPRE, SAM. ESPERANDO O MOMENTO CERTO. AÍ, DE ALGUMA MANEIRA, VOCÊ ESCAPA, COMO UM PRESENTE.
SÓ PRECISEI COLOCÁ-LO NA DIREÇÃO CERTA. EU SABIA QUE VOCÊ IRIA IRRITÁ-LOS E ELES BRIGARIAM ENTRE SI. DEPOIS ALGUÉM CHEGA COM CUIDADO E DOMINA TUDO.
DE ONDE TIROU A IDEIA QUE ESSE ALGUÉM SERIA VOCÊ?
DE UM DIABINHO NO MEU OMBRO.
O MESMO QUE FALOU PRO MEU PESSOAL APAGAR SUA GAROTA.

HISTÓRIA ENGRAÇADA. SEU EXÉRCITO ESTÁ AQUI, ASSASSINO.
E SEU IRMÃO ESTÁ JUNTO. E SUA NAMORADA.
TALVEZ EU DEIXE VOCÊ ESCOLHER QUEM VOU DISPERSAR.
OU FAREI *VOCÊ* DISPERSÁ-LOS.
FALA SÉRIO. VOCÊ SABE QUEM EU ERA LÁ EMBAIXO, MAIA.
AINDA ACHA QUE ME IMPORTO? JÁ ENTREGUEI TODAS ESSAS PESSOAS.
O MEU IRMÃO? ELE NEM GOSTA DE MIM. A JUDE? ACABEI DE CONHECÊ-LA.
PELA PRIMEIRA VEZ, VOCÊ PARECE NERVOSO, SAM.
COMO SE VOCÊ ACREDITASSE QUE ESSAS COISAS SÃO VERDADE.
QUE VOCÊ É UMA VERSÃO MELHORADA DO CHARNEL.
ABRA ESSA PORTA E DESCUBRA SE ESTOU ASSUSTADO.
VOCÊ LEU MINHA MENTE.
É HORA DA DIVERSÃO COMEÇAR.
ABRA UM NOVO ORIFÍCIO NELE!
EU FICO COM A LÍNGUA MENTIROSA DELE.
FWAM
THWAM
KRAK
FWNK
KRAKK
THMP
KRAKK

LUGARES NA PRIMEIRA FILEIRA.
SÓ VAMOS ATIRAR O SUFICIENTE PARA ALEIJÁ-LOS.
DEPOIS, COM CALMA, VAMOS DISPERSAR OS QUE SOBRAREM.
HA! É ENGRAÇADO, SABIA?
ATÉ ESSE MOMENTO? EU GOSTAVA MESMO DE VOCÊ.
AH, TAMBÉM GOSTO DE VOCÊ, SAM. É POR ISSO QUE VOU MANTÊ-LO POR PERTO.
AFINAL DE CONTAS, TIVE TODO ESSE TRABALHO PRA ACABAR COM VOCÊ.
AH, OLHA. VEJA COMO ELES CORREM.
PREPARAR! APONTAR!
EZ2517
KRA-KA-THOOM
ONDE ESTÁ O RESTO DE...

NÓS OS CARREGAMOS COM METAL EXTERMINADOR DE ALMAS.
NADA QUE DESSE PRA DISPERSAR, SÓ PRA MACHUCAR.
ALGO PRA FAZÊ-LOS LEMBRAR.
PRA ENSINÁ-LOS QUE ELES NÃO SÃO INVENCÍVEIS.
EXISTEM COISAS MAIORES E MAIS ASSUSTADORAS NESSE MUNDO DO QUE ELES.
TIPO EU.
TIPO A JUDE. E O BOX. E A LO. TIPO O WALTER.
DESCULPA, **SUAVE.** ELE ME ENSINOU MUITO BEM QUE PRA CHAMÁ-LO DE WALTER, DEVE HAVER UM MOTIVO.
COMO UMA EMBOSCADA.
VOCÊ É UM DESGRAÇADO INACREDITÁVEL.
ACHO QUE DÁ PRA ACREDITAR.
AGORA É VOCÊ QUE PARECE NERVOSA, MAIA.
POR QUE VOCÊ NÃO DEIXOU PRA LÁ?
POR QUE QUIS SER TÃO ESPERTO?
PARECIA DIVERTIDO.

VOCÊ ACHA QUE SOMOS TODOS IMUTÁVEIS. QUE SÓ AS NOSSAS CIRCUNSTÂNCIAS PODEM MUDAR.
VOCÊ PENSA QUE ME CONHECE PORQUE LEU A MINHA FICHA.
E TALVEZ CONHEÇA. NA PRIMEIRA VEZ QUE ACORDEI, EU ERA...
UFF
UM DEDO-DURO, UM INFORMANTE, UM ASSASSINO, UM EXECUTOR.
VOCÊ DESTRUIU VIDAS LÁ EMBAIXO, POR CULPA SUA, DO SEU EGO, DA SUA CONTA BANCÁRIA. VOCÊ NÃO MUDOU.
NADA MUDA AQUI!
VOCÊ NÃO ESTÁ PRESTANDO ATENÇÃO, MAIA.
SENTA UM POUCO.
EU MUDEI. FIZ TUDO ISSO POR SUA CAUSA.
TALVEZ EU VOLTASSE DA MESMA FORMA, MAS VOCÊ ME ADULTEROU, APAGOU MINHAS MEMÓRIAS E ME REINICIOU.
VOCÊ ME DOBROU, MAS NÃO DA FORMA QUE IMAGINA. VOCÊ ACABOU COM O HOMEM QUE EU ERA. ACORDEI COMO UM HOMEM DIFERENTE.
TUDO GRAÇAS A VOCÊ...

VOCÊ CONTINUA REPETINDO ESSA HISTÓRIA PARA SI MESMO, SAM.
QUE VOCÊ É A ÚNICA ALMA DIFERENTE QUE VEIO PARA CÁ.
TALVEZ VOCÊ PASSE A ACREDITAR NISSO EM ALGUM MOMENTO.
MAS EU VI O QUE VOCÊ FEZ DESDE QUE CHEGOU AQUI.
VOCÊ PUXA O GATILHO COMO SE ESTIVESSE RESPIRANDO.
VOCÊ CONTINUA SENDO O MESMO MONSTRO DE SEMPRE.
SÓ QUE VOCÊ ESQUECEU DE FINGIR... ›UFF‹
PRA TE ACORDAR. VOCÊ PERDEU A NOÇÃO DAS COISAS, MAIA.
O QUE VOCÊ QUER? A SUA VIDA OU A DE TODOS OS OUTROS?
PORQUE ALGUMA HORA VOCÊ VAI TER QUE ESCOLHER.
NÃO SOU...
VOCÊ ME OUVIU FALAR TUDO QUE EU SENTIA PELA GINA. COMO EU A PERDI NESSE INFERNO ELEGANTE.
VIU TUDO QUE EU PASSEI SÓ PRA TER UM GOSTINHO DE VINGANÇA E AÍ VOCÊ A ESFREGA NA MINHA CARA?

E O QUE VOCÊ QUER? O QUE VOCÊ SABE SOBRE COMANDAR UM LUGAR COMO AQUI?
ACHA QUE PODE SIMPLESMENTE ASSUMIR O CONTROLE — NOVA DIREÇÃO — E DEPOIS O QUÊ?
DEUS VAI CHEGAR, FRANZIR A TESTA E TRANSFORMAR VOCÊ EM UM MONTE DE PÓ?
FOI VOCÊ QUEM PERDEU, SAM. VOCÊ ESTÁ LUTANDO UMA BATALHA E IGNORANDO UMA GUERRA.
ELA NÃO PODE ME TOCAR SE TOMARMOS O CÉU.
E DEPOIS O INFERNO.
TODAS AS ALMAS DA EXISTÊNCIA, TUDO CONECTADO.
UM FRONTE UNIDO CONTRA DEUS.
O QUÊ? VOCÊ VAI...
EU SÓ QUERIA QUE DEUS VOLTASSE. PRA EXPLICAR SEUS MOTIVOS.
EU JAMAIS QUIS TUDO... AQUILO.
AINDA NÃO QUERO.
ANDA LOGO. ME DISPERSE.
SE A GINA SE FOI E VOCÊ ESTÁ FAZENDO ISSO, NÃO QUERO MAIS FICAR AQUI.
OU EM QUALQUER LUGAR.

NÃO, VOCÊ AINDA VAI VIVER MUITO TEMPO, MAIA.
FAZENDO O QUÊ? TRABALHANDO PRA VOCÊ? JÁ FIZ ISSO ANTES.
EU TINHA OUTRA COISA EM MENTE.
CERTO.
NÃO ME IMPORTO.
BEM, É MELHOR VOCÊ COMEÇAR.
PORQUE NÃO PRETENDO VIVER PRA SEMPRE COM A GAROTA MAIS TRISTE DO MUNDO.
VOCÊ...
MESMO QUE ELA SEJA UMA GRAÇA.
TEM UM CARRO ALI. PEGUE-O. VÁ EMBORA DA CIDADE.
E NÃO VOLTE.
SEU MOLENGÃO.
ACHEI QUE VOCÊ IRIA MATÁ-LA.
EU TAMBÉM. MAS NÃO SOU DEUS.
ALGUÉM MERECIA GANHAR UM FINAL FELIZ AQUI.

MAIS UMA COISA.
UHUM. JÁ IMAGINAVA. QUAL É A PEGADINHA, SAM?
ME FALA DO DIABO.
HA HA HA, VOCÊ ESTÁ FALANDO *SÉRIO*, NÃO É?
MAIA, EU FALEI COM ELE. FOI ELE QUE MATOU O FANTE E AGORA QUER QUE EU ENTRE NO TIME DELE.
NÃO ME DIGA QUE VOCÊ NÃO SABE, AINDA MAIS COM TODOS AQUELES NOVOS MEMBROS DO CORAL VESTIDOS DE PRETO.
VOCÊ ESTÁ VENDO COISAS, SAM. TALVEZ SEJA CULPA DESSAS OLHEIRAS QUE EU TE DEI. ELES ESTÃO SEMPRE DE BRANCO. É PARTE DO NÚMERO DELES.
NÃO EXISTE UM DIABO. É UMA HISTÓRIA DE NINAR. DEUS NÃO SUPORTARIA A CONCORRÊNCIA.
O DIABO É APENAS DEUS QUANDO ELA ESTÁ BRINCANDO COM AS PESSOAS.
FAZ SENTIDO. É CLARO QUE ELA DISPERSARIA O FANTE, SEU LEAL SERVO.
OLHA COMO ELA TRATA AS PESSOAS QUE A AMAM E A VENERAM.
ENTÃO EU POSSO IR? VOCÊ NÃO VAI MUDAR DE IDEIA E VIR ATRÁS DE MIM EM BUSCA DE VINGANÇA?
TCHAU, MAIA.
FOI DIVERTIDO TE CONHECER.
"NÃO, NÃO FOI."
"EU DESEJARIA BOA SORTE, SAM, MAS NÃO HÁ TANTA SORTE ASSIM NA EXISTÊNCIA PARA COBRIR ESSAS POSSIBILIDADES."

E AGORA, SAM? UMA PEQUENA EXECUÇÃO PÚBLICA PARA ACALMAR O SEU PESSOAL? TALVEZ ALGUMA TORTURA?
EU MORREREI COM PRAZER SE ISSO SIGNIFICAR QUE NÃO PRECISAREI MAIS ESCUTAR ESSE HOMEM BERRANDO.
UM ACORDO. É ISSO QUE TENHO PRA VOCÊS. COMO AQUELE QUE ME OFERECERAM LÁ NA FLORESTA.
ESCOLHAM UM LADO. EU OU CHARNEL.
SE ME ESCOLHEREM, ATACAMOS O CÉU JUNTOS. VOCÊS VÃO TER SEUS CANTINHOS PRA GOVERNAR DA FORMA QUE ACHAREM MELHOR.
OU VOCÊS ME ESCOLHEM E EU OS LEVO PRO QUARTO MAIS ESCURO E SILENCIOSO QUE EU PUDER ENCONTRAR AQUI.
E DESCOBRIMOS QUANTO TEMPO A ETERNIDADE REALMENTE DURA.
VOU COM O SAM.
EU TAMBÉM.
BOM. VÃO BUSCAR O QUE SOBROU DO SEU PESSOAL NAS CELAS E NA CIDADE. VAMOS NOS ENCONTRAR NA ESTRADA DA PROVIDÊNCIA, DO LADO DO POSTO DE CONTROLE.
PESSOAS. ARMAS. VEÍCULOS. TRAGAM TUDO.
COMO VAMOS SABER ONDE ENCONTRAR VOCÊS?
É SÓ FICAR DE OLHOS ABERTOS...

"...E ACHO QUE VOCÊS SERÃO CAPAZES DE NOS ENCONTRAR."
ESTÁ PRONTA, JUDE?
NÃO, MAS JÁ VIEMOS ATÉ AQUI.
SOMOS OS PERDEDORES DO PÓS-VIDA.
DESONESTOS DEMAIS PRA ENTRAR NO CÉU, MOLES DEMAIS PRO INFERNO.
AS SOBRAS QUE NINGUÉM LIGA.

E VAMOS FAZER ISSO.
NÓS VAMOS GANHAR E DEPOIS...
UH-UH-UH, SAMMY.
ISSO NÃO É MUITO BONITO.

CALLIE?
SE VOCÊ QUERIA CONVERSAR COM DEUS, ERA SÓ TER PEDIDO.
AQUI ESTOU. VAMOS CONVERSAR.
VOCÊ?
O QUE VOCÊ ESPERAVA? TREZENTOS METROS DE ALTURA E DE ROUPÃO?
POSSO FAZER ISSO SE VOCÊ QUISER, MAS A CONVERSA VAI FICAR MAIS DIFÍCIL.
PODE PERGUNTAR.
SEUS AMIGOS VÃO ESPERAR.
DIGA-ME POR QUÊ. POR QUE ISSO? POR QUE AQUI? POR QUE ESTOU AQUI?
DÁ PARA PERCEBER QUE VOCÊ QUER OUVIR ALGO GRANDE, PERTURBADOR.
ENTÃO VOU DECEPCIONÁ-LO COM DELICADEZA.
EU ESTAVA *ENTEDIADA,* SAM.
CLICK
SABE QUANTAS VEZES EU TESTEI ESSE ENREDO? DÚZIAS. E TODAS. AS. VEZES. VOCÊS DÃO UM JEITO DE DETONAR TUDO.
AÍ EU VOU E APERTO O BOTÃO RESET, COMEÇO TUDO DE NOVO E TORÇO POR RESULTADOS DIFERENTES. SEMPRE INSIRO NOVAS VARIÁVEIS À PROCURA DAQUELA FAÍSCA.
DA ÚLTIMA VEZ FOI O LIVRE-ARBÍTRIO. UM FRACASSO. DESSA VEZ RELAXEI NA POLÍTICA DAS PORTAS.
E, DEVO DIZER, NOTA DEZ PARA MIM POR ESSA IDEIA.
PRIMEIRO FUI DE CABEÇA NA MALDADE COM O CHARNEL. DEPOIS MUDEI DE RUMO. CAÓTICO E NEUTRO. VOCÊ.
TONGGG
VOCÊ FOI MUITO MAIS EMPOLGANTE. O CHARNEL SÓ MATAVA ALMAS.
VOCÊ AS INSPIRAVA.
ESSE É O **MEU** TRABALHO, SAM.

HUMM. OLHA, ACHO QUE VOCÊ ESTÁ COM MEDO.
ACHO QUE VOCÊ ESTÁ COM MEDO DESDE QUE OS MATUSALÉNS INVENTARAM AQUELE METAL. ALGO QUE PODE MACHUCAR ATÉ VOCÊ.
E AGORA VOCÊ ESTÁ COM MEDO DE NÓS. DA NOSSA VITÓRIA.
E OS JOGO FORA QUANDO TERMINO DE BRINCAR.
EU *CRIEI* VOCÊ, SAM. TODOS VOCÊS. NÃO ESTOU COM MEDO DOS MEUS BRINQUEDOS.
EU BRINCO COM ELES QUANDO ME DÁ VONTADE.
VOCÊ PERDEU NO INSTANTE QUE VOCÊ TEVE A IDEIA.
E AGORA TENHO QUE COMEÇAR DE NOVO.
UM DIA EU VOU ACERTAR.
DE ONDE EU VENHO ISSO SE CHAMA "DESISTIR".
NÃO É UM JOGO SE VOCÊ RECOMEÇA TODA VEZ QUE AS COISAS NÃO DÃO CERTO PRA VOCÊ.
ENTÃO DEIXE-NOS IR, VEJA O QUE ACONTECE. VOCÊ PODE SE SURPREENDER.
SEM DÚVIDA, SAMMY.

A PROPÓSITO, EU MATEI MESMO O FANTE. É SEMPRE A ÚLTIMA PESSOA QUE VOCÊ SUSPEITA, CERTO?
ACHEI QUE VOCÊ ESTAVA FICANDO MUITO À VONTADE. EU QUERIA AGITAR UM POUCO AS COISAS.
VOCÊ SEMPRE FOI TÃO *INTERESSANTE,* SAM.
MAIS ALGUMA PERGUNTA, OU VOCÊ PEGOU A ESSÊNCIA DA COISA?
O QUE ACONTECE QUANDO VOCÊ RECOMEÇAR?
TODOS VOCÊS VOLTAM PARA O INÍCIO. O BIG BANG. EVOLUÇÃO. O MACACO E O MONÓLITO, A PRAGA, A REVOLUÇÃO INDUSTRIAL, O SEU NASCIMENTO, A SUA PRISÃO, O DIA EM QUE VOCÊ CHEGOU AQUI.
AGORA VOCÊ É PARTE DA NARRATIVA, SAM.
A HISTÓRIA AINDA NÃO ACABOU.
VOCÊ NUNCA TEVE CURIOSIDADE?
CLARO. FOI POR ISSO QUE INVENTEI VOCÊ.
AGORA, TEMOS DUAS OPÇÕES, DO MEU PONTO DE VISTA.
DEIXO TODOS VOCÊS SEGUIREM ADIANTE. COM A CHAVE NA PORTA E O EXÉRCITO NO CÉU, JOGO OS DADOS E VEJO O QUE ACONTECE.
MAS POSSO GARANTIR QUE VOCÊS SERÃO DESTRUÍDOS. TODOS VOCÊS. VOCÊS ACHAM QUE A ETERNIDADE NÃO TEM FIM AGORA?
O MEU CÍRCULO INTERNO É UM POUCO... EXTREMO. LEMBRA DO GARDNER? IMAGINE-O COM UMA ESPADA EM CADA MÃO.
TEMOS MATADORES DE ALMAS.
NÃO É O BASTANTE. VOCÊ SABE QUANTAS PESSOAS ÍNTEGRAS PASSAM PELOS MEUS PORTÕES A CADA ANO? MUITO MAIS DO VOCÊ IMAGINA.
TODOS SÃO GRANDES FÃS. REALMENTE GRANDES FÃS.
QUAL É A OUTRA OPÇÃO?

K-THUNK
ADMIRO A TENTATIVA.
O PLANO B É CRIAR UMA FARSA PARA VOCÊ. FAÇO TODOS ACREDITAREM QUE ELES ATACARAM O CÉU E QUE ELES CONQUISTARAM AQUI.
TODOS, MENOS VOCÊ.
VOCÊ VAI ESQUECER DE TUDO, SAM. NÃO POSSO DEIXAR VOCÊ OU ESSES OUTROS ANDANDO LIVREMENTE SABENDO QUE EU FUI DERROTADA.
"ESSES" QUEM?
OS MATUSALÉNS. VOCÊ ACHA QUE É O PRIMEIRO A TENTAR ME DERRUBAR? O PRIMEIRO A FAZER UM ACORDO?
TODOS VOCÊS ACABAM DESCOBRINDO NO FIM. EU SOU A ÚNICA OPÇÃO.
VOCÊ FALA COMO SE EU TIVESSE UMA ESCOLHA.
LIVRE-ARBÍTRIO, SAM. É A MINHA DÁDIVA PARA VOCÊS.
NA VERDADE ISSO É TUDO QUE RESTA PARA VOCÊS.
ENTÃO ESCOLHA O PLANO B.
ANTES QUE EU REPENSE MEUS SENTIMENTOS.

EU LEMBRO DE ALGO SOBRE FAZER PLANOS E DEUS DANDO RISADA?
ENTÃO LEMBRO QUE NADA DISSO IMPORTA.
ELA SEMPRE TEVE VANTAGEM. ELA ESPIAVA NOSSA CAIXINHA SEMPRE QUE DAVA VONTADE.
E RIA SOZINHA ENQUANTO NÓS TÍNHAMOS ESPERANÇA.
PORQUE SEMPRE QUE ELA QUERIA, ERA SÓ ESTALAR OS DEDOS E MUDAR O CENÁRIO.
APAGANDO TODOS NÓS.
FAZENDO COM QUE ESQUECÊSSEMOS DE TUDO.
ATÉ NOSSO AMORES.
NÃO QUERO QUE ISSO SEJA INÚTIL.
SE ESSE É O MEU MUNDO AGORA, QUERO SALVÁ-LO.
NÃO IMPORTA O QUE EU TENHA QUE FAZER.
SE FOR TUDO IGUAL PRA VOCÊ, NÓS QUEREMOS LUTAR.

BOA VIAGEM, SAM.
FOI UM PRAZER CONHECÊ-LO.
PRONTO?
SINTO MUITO PELO QUE ESTAMOS PRESTES A FAZER.
NÃO SENTE, NÃO.
MAS ATÉ AÍ, NEM EU.
"NÓS GANHAMOS A GUERRA."
"COLOCAMOS O PODER NA MÃO DE TODOS."
"TIRAMOS DEUS DO TRONO DELA."

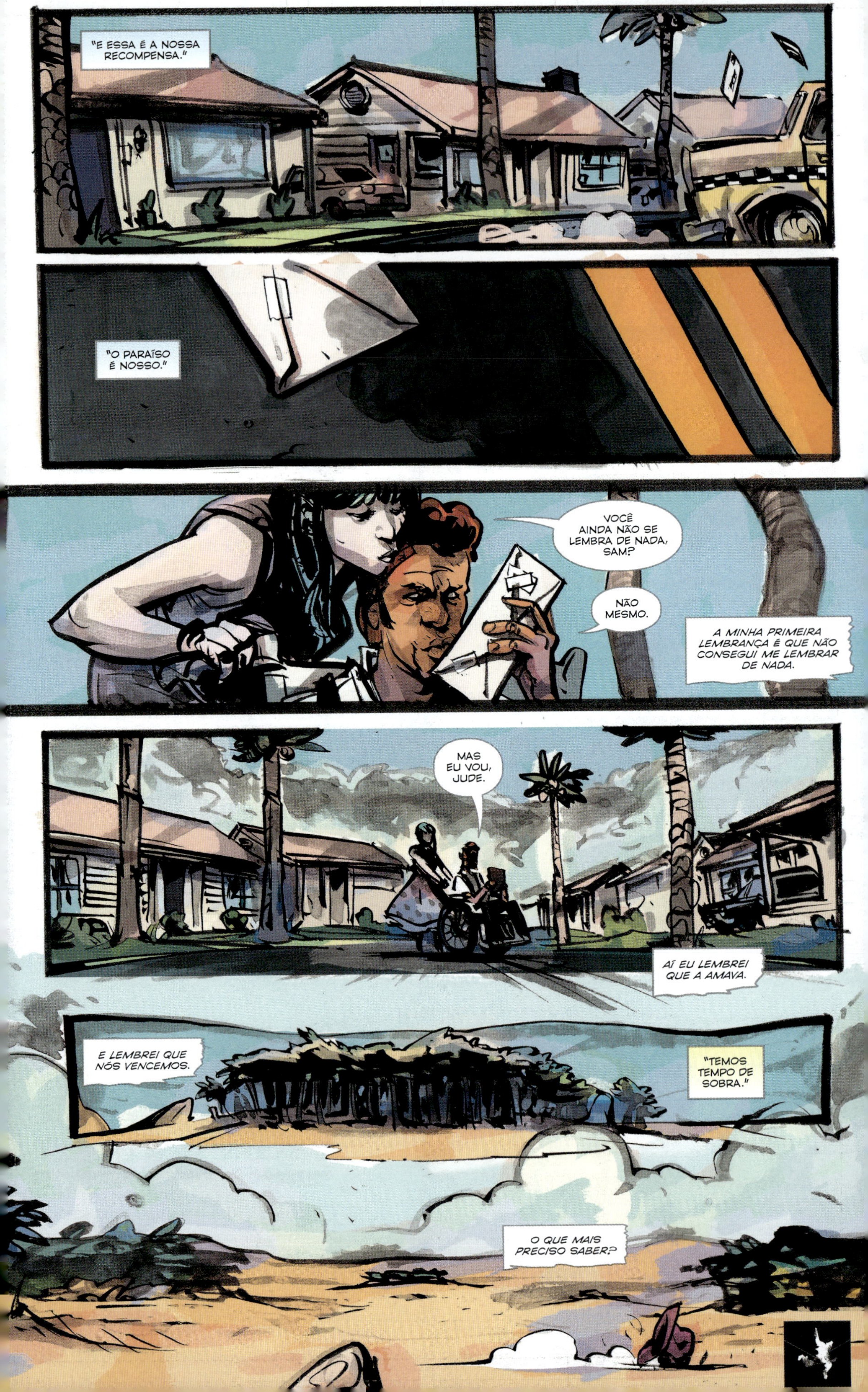
"E ESSA É A NOSSA RECOMPENSA."
"O PARAÍSO É NOSSO."
VOCÊ AINDA NÃO SE LEMBRA DE NADA, SAM?
NÃO MESMO.
A MINHA PRIMEIRA LEMBRANÇA É QUE NÃO CONSEGUI ME LEMBRAR DE NADA.
MAS EU VOU, JUDE.
AÍ EU LEMBREI QUE A AMAVA.
E LEMBREI QUE NÓS VENCEMOS.
"TEMOS TEMPO DE SOBRA."
O QUE MAIS PRECISO SABER?

GALERIA DE CAPAS

EDIÇÃO NOVE

CHRIS VISIONS

EDIÇÃO DEZ
CHRIS VISIONS

EDIÇÃO ONZE
CHRIS VISIONS

EDIÇÃO DOZE

CHRIS VISIONS

ARTE-FINAL DE CHRIS VISIONS